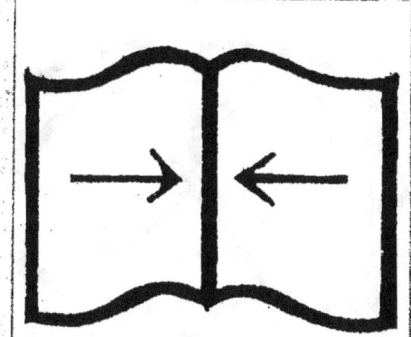

RELIURE SERREE
Absence de marges
intérieures

Illisibilité partielle

VALABLE POUR TOUT OU PARTIE DU
DOCUMENT REPRODUIT

LES COUVERTURES SUPERIEURES ET INFERIEURES
SONT EN TYPOGRAPHIE COULEUR.

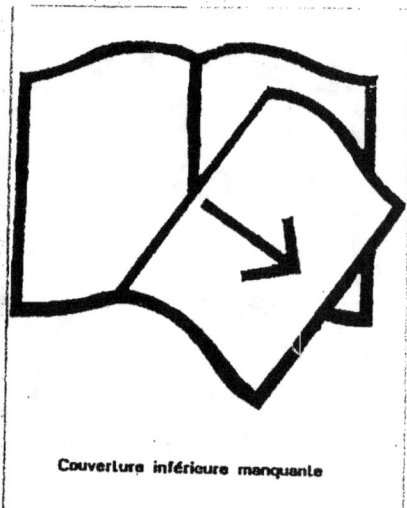

Couverture inférieure manquante

LES COUV. SUP. ET INF. SONT RELIE⎯
A LA FIN DU VOLUME

DU Nº .1.

DU Nº .2.
AU Nº .5.

8·Y²

21137

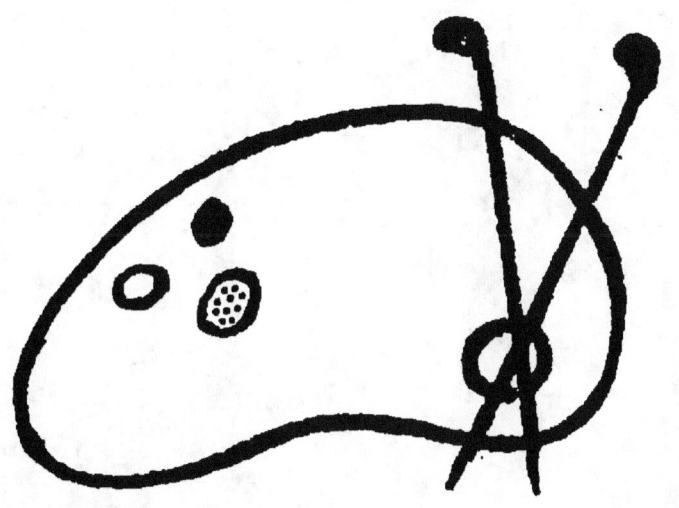

ANDRÉ THEURIET
DE L'ACADÉMIE FRANÇAISE

PATERNITÉ

...RD FRÈRES CENTIMES 10 ÉDITEURS PARIS

ANDRÉ THEURIET

DE L'ACADÉMIE FRANÇAISE

PATERNITÉ

PARIS

FAYARD FRÈRES, ÉDITEURS

78, BOULEVARD SAINT-MICHEL, 78

PATERNITÉ

PREMIÈRE PARTIE

I

Le rapide de Paris à Belfort file à toute vapeur à travers la banlieue. Bien qu'on soit en mai, la matinée est maussade. De gros nuages chassés par un vent du nord-ouest crèvent en brusques giboulées sur les champs de blé, de colza et de luzerne qui couvrent de leurs cultures bariolées les monotones plaines de la Brie. L'ondée strie de hachures ruisselantes les glaces fermées d'un coupé où s'est installé un seul voyageur, qui ne paraît guère se soucier du mauvais temps. Les

Un pince-nez sur les yeux, il est absorbé par la lecture de pièces et de plans. (P. 4.)

jambes enveloppées dans un plaid, un pince-nez sur les yeux, il est absorbé par la lecture de pièces et de plans qu'il extrait à mesure d'un volumineux dossier étalé sur les coussins, et dont la chemise de papier jaune porte cette annotation : *Forêt du Val-Clavin.* — *Demande de cantonnement par les usagers.* Le paysage aperçu à travers la pluie n'a rien de particulièrement intéressant; mais le ciel fût-il gaîment ensoleillé et le pays plus pittoresque, on devine à la tension des muscles du visage, à la préoccupation du liseur, qu'il n'en resterait pas moins indifférent aux choses du dehors.

C'est un homme de cinquante ans environ. Néanmoins il a les mouvements aisés et désinvoltes; sa tenue soignée, correctement élégante, lui conserve une tournure jeune et une apparence de verdeur. Ses traits sont fins, sa barbe taillée en pointe, et ses cheveux bruns sont mélangés de fils blancs : le ferme modelé de la bouche et du nez aquilin, les deux plis verticaux que creuse sur le front le rapprochement des sourcils indiquent une volonté tenace. Lorsqu'il enlève son pince-nez pour essuyer les verres embués d'humidité, on voit à plein deux yeux dont la douceur bleue et l'affable regard corrigent l'expression un peu fermée et froide de l'ensemble du visage. La boutonnière de la jaquette noire est ornée d'une minuscule rosette rouge. Une grande distinction de manières jointes à une attitude réservée, à une gravité étudiée, révèlent un personnage appartenant au monde administratif, et, quand le dossier qu'il compulse ne trahirait pas sa profession, on devine en lui le fonctionnaire arrivé à un grade supérieur et pénétré de l'importance de ses fonctions.

En effet, « Delaberge (Amable-Francisque), officier de la Légion d'honneur », comme porte l'annuaire, est inspecteur général des Forêts. Sorti de l'école de Nancy à vingt-deux ans, il a eu un avancement rapide et mérité. Non seulement il possède des connaissances étendues en matière de sylviculture, mais il s'est montré un administrateur remarquable. Ayant l'amour du métier, doué d'une merveilleuse puissance de travail, il unit à l'esprit d'organisation l'habileté pratique de l'homme d'affaires. Aussi parle-t-on de lui comme d'un futur directeur général. La

seule chose qu'on pourrait lui reprocher est une certaine
froideur d'âme, — l'impassibilité égoïste du célibataire
qui a peu souffert de la vie et qui est mal disposé à comprendre les souffrances des autres. — Ce défaut, chez
Delaberge, est dû moins à une naturelle sécheresse de
cœur qu'aux conditions particulières dans lesquelles son
enfance et sa jeunesse se sont développées.

Fils d'employé, il a été dès ses premières années la
victime de cette vie nomade d'oiseau sur la branche, de
ces multiples changements de résidence qui font des
enfants de fonctionnaires autant de petits « sans-patrie ».
Trimballé de collège en collège jusqu'au jour de son entrée
à l'Ecole forestière, il n'a pas eu à proprement parler de
pays natal, et, par conséquent, il ne connaît pas cette
lente et chère accoutumance qui attache l'homme à la province où il est né, à la maison où il a grandi, aux pierres,
aux arbres, aux horizons contemplés chaque jour. Les
liens ténus et nombreux qui vont du monde extérieur au
monde de notre âme sont autant d'agents créateurs de la
sensibilité. La première chaleur du nid colore l'imagination de l'enfant et imprègne son cœur; elle a manqué à
Delaberge.

Sa jeunesse s'est passée dans une atmosphère frigide,
au milieu des préoccupations d'examens à subir et d'avan-
cements à conquérir à la pointe de l'épée. Il a ignoré la
passion qui attendrit l'âme en la meurtrissant. Tout au
plus a-t-il eu à cette époque quelque galante liaison légèrement nouée et rapidement rompue. Séparé de bonne
heure de ses parents, qu'il a perdus avant d'avoir atteint
sa trentième année, il a peu goûté les joies intimes de la
famille. Ne possédant aucun patrimoine, il n'a plus songé
qu'à faire vite et honorablement son chemin. Le travail a
pris sa vie; le désir de parvenir a tendu toutes ses facultés
vers la réalisation de ses projets ambitieux.

Comme beaucoup de fonctionnaires sans fortune, il a
reculé devant l'aléa du mariage, estimant que les obliga-
tions et les responsabilités de la société conjugale sont une
entrave aux fonctions administratives. Il est resté célibataire et s'est absorbé de plus en plus en des besognes qui
lui prenaient ses journées et souvent même ses soirées;
arrivant le premier à son bureau, en partant le dernier,

dînant au restaurant ou à quelque table officielle, et ne rentrant chez lui que pour y dormir. Ainsi sa vie s'est écoulée de la trentaine à la cinquantaine, méthodique, correcte, digne et laborieuse, mais sans une chaude intimité, sans une douce halte dans le rêve ou la fantaisie.

Pourtant, aujourd'hui que l'aisance est venue, que son ambition est plus qu'à demi-satisfaite et que sa fortune administrative a grandi, il fait parfois de mélancoliques retours en arrière; il constate avec effroi combien son passé est vide de souvenirs réchauffants, et il a conscience de son isolement. Quand, au sortir de la maison d'un collègue où il a entendu des voix d'enfants et des rires de jeunes filles, il regagne son appartement de garçon, il est secoué par un frisson de regret et d'inquiétude, en songeant à la rapidité des années, à l'époque plus prochaine de la retraite, aux prosaïques misères, aux asservissantes compromissions qui troublent le soir de la vie d'un célibataire.

Sur ce plateau de la cinquantaine, il ressemble à un voyageur mal renseigné, qui a gravi la montagne par d'abrupts et rocailleux sentiers, et qui parvenu, à la cime, reconnaît qu'il s'est trompé de route. De là-haut il aperçoit maintenant le vrai chemin, s'élevant en pente douce à travers d'heureux villages, des bois arrosés de sources vives, des prairies en fleurs dont il ne retrouvera plus jamais l'enchantement...

Quand ces regrets lui reviennent, Delaberge se demande s'il n'a pas lâché sottement la proie pour l'ombre. Alors des idées de mariage le hantent comme une obsession. Il se regarde dans la glace, constate qu'il est encore vert et murmure, ainsi que Jean de La Fontaine : « Ai-je passé le temps d'aimer? » Même durant ces crises d'amertume le vieil égoïsme coutumier reparaît. Il songe moins à aimer qu'à être aimé. Dans le mariage, ce qu'il considère, c'est surtout une compagnie qui le récréera, un enfant en qui il revivra. Au milieu de ces réveils de jeunesse, de ces désirs de rompre avec une existence casanière, c'est toujours la préoccupation de lui-même qui domine. Il veut donner de l'air à son cœur, connaître la joie de l'imprévu, les émotions rares et inéprouvées.

Aussi, lorsqu'une décision ministérielle l'a chargé de se transporter dans la Haute-Marne et d'arranger à l'amiable avec les usagers l'interminable affaire du cantonnement du Val-Clavin, a-t-il accepté avec empressement cette mission en province...

Un sifflement prolongé annonce l'approche d'une station. Après avoir dépassé Bar-sur-Aube, le train va s'arrêter à Clairvaux. Delaberge lève la tête, quitte son dossier et abaisse la glace pour respirer une bouffée d'air pur.

II

A physionomie du paysage s'est peu à peu modifiée. Les collines sont plus hautes et la vallée s'est rétrécie. L'aspect du ciel aussi a changé. Une embellie se produit et la pluie ne tombe plus. Les lourdes nuées fuyantes s'écartent, et de rapides flambées de soleil courent sur la campagne, faisant fumer les prés humides et scintiller les pommiers en fleurs ruisselants de gouttes d'eau. Un coin de bleu s'ouvre dans une masse nuageuse, au-dessus d'un petit bois de peupliers dont les feuilles d'or pâle frissonnent et blondissent sous ce coup de lumière, tandis qu'en arrière, comme repoussoir, s'étendent d'épaisses buées sombres où s'enfonce la base d'un arc-en-ciel. Dans les intervalles d'ensoleillement une joie printanière s'épand sur la terre verdissante, comme les risées de vent qui argentent la surface d'un lac. Cette gaîté radieuse luit successivement sur toute la campagne, sur les mouvants champs de seigle, sur les sainfoins roses et les talus semés de rouges coquelicots. Elle se communique aux bruyères des friches où les insectes se remettent à bourdonner, aux bouquets d'arbres où les merles recommencent à siffler. Elle pénètre jusqu'au cerveau de Delaberge, qu'elle repose et distrait de ses laborieuses méditations juridiques.

Après une halte de quelques minutes à Clairvaux, le train roule entre des collines boisées où, çà et là, miroitent parmi les prés les eaux claires de l'Aube. Le soleil a décidément triomphé des nuées et le ciel redevient d'un bleu soyeux. Une pacifiante sérénité émane des bois mouillés que coupent de profondes tranchées herbeuses, où le regard se rafraîchit dans un bain de verdure. L'inspecteur général a bouclé la courroie de son dossier et l'a renfermé dans l'un des compartiments de sa valise. Maintenant il revient s'accouder à la portière et respire avidement l'odeur salubre des futaies. Son cœur de forestier se réjouit à la vue des arbres. À vrai dire, la forêt a été le seul fervent amour de sa vie, et il se sent attendri en retrouvant les grands massifs où il a passé sa jeunesse.

Cet attendrissement ramène son esprit vers les pensées mélancoliques et troublantes qui le sollicitent depuis quelque temps. Une coupe de bois où des bûcherons font la sieste après avoir mangé la soupe; un village où tintent les cloches mat'nales et où des fumées nimbent les toits de tuile; un logis campagnard au revers du coteau, avec ses fenêtres ouvertes où flottent des rideaux blancs, son linge de lessive séchant sur la haie, son verger et sa vigne, l'induisent en des rêves de vie rustique.

Il se demande si l'existence d'un honnête bourgeois, entre sa femme qui le choie et ses enfants qui grandissent, ne présente pas une somme de satisfactions plus réelles que ces factices plaisirs parisiens dont il jouit si peu. Lui, Delaberge, attaché à sa chaîne bureaucratique, affairé du matin au soir à tourner la meule administrative, ne reste-t-il pas cent fois plus étranger aux choses du cœur et de l'intelligence que ce propriétaire retiré en son village? Et dans dix ans, dans quinze ans au plus, quand il aura cessé d'être un des rouages importants de l'administration, quelle perspective aura-t-il? La vieillesse désorientée et solitaire d'un fonctionnaire en retraite, qui languit en son désœuvrement et ne sait où aller planter sa tente.

Alors, de nouveau, comme un sphinx harcelant, se dresse devant lui la question qui le tracassait :

— A-t-il passé l'âge où l'on peut sans imprudence se marier et se créer une famille?

Cette fois (grâce peut-être à l'influence de ce gai soleil de mai), la réponse se formule en son esprit avec moins de trouble et d'hésitation.

Il a toujours mené une vie sobre et il constate en lui un fond de vigueur virile, une réserve de verdeurs de la jeunesse. Ce n'est pas une illusion, il ne se laisse pas duper par de fausses apparences. Il jouit d'une santé de fer, il n'a perdu ni ses dents ni ses cheveux; ses muscles ont toute leur solidité, ses articulations toute leur souplesse. Dans le monde officiel où il fréquente, il s'est aperçu quelquefois que les femmes se plaisent encore en sa société. D'ailleurs, il ne serait pas assez fou pour épouser une toute jeune fille; mais s'il rencontrait d'aventure une personne approchant de la trentaine, agréable et sympathique, rien ne s'opposerait à ce qu'il songeât au mariage. Il n'a que cinquante ans, Il pourrait voir encore ses enfants grandir, passer de l'adolescence à la jeunesse, et, qui sait? peut-être vivrait-il assez longtemps pour les marier à leur tour...

Avoir des enfants, un fils dans lequel il se retrouverait, cela redonnerait un essor et un but à son énergie... Quand il s'examine à fond, Delaberge s'avoue même que dans ce changement d'état ce qui lui sourit surtout, ce sont moins les charmes de la compagnie conjugale que l'espoir et les joies de la paternité.

Pendant que l'inspecteur général se plonge en cette méditation, le train file à toute vitesse et l'aspect du paysage se transforme de nouveau. La voie ferrée quitte la vallée de l'Aube et gravit une rampe. Maintenant elle s'allonge au milieu d'un plateau pierreux où poussent de maigres champs de seigles et où de modestes bouquets de bois s'espacent de loin en loin. Un sifflement aigu déchire l'air. Le train court avec une légèreté de météore sur un long viaduc à trois rangs d'arches, du haut duquel on aperçoit la Suize onduler comme une couleuvre parmi les prés. Des profils de clochers, de dômes et de toits de tuile apparaissent à l'horizon mêlés à des massifs d'arbres, et la marche du convoi se ralentit.

« Chaumont ! Dix minutes d'arrêt, buffet ! »

C'est ici que Delaberge doit descendre. Il rassemble ses bagages et se penche à la portière, cherchant à reconnaître, sur le trottoir, le conservateur des forêts, son ancien camarade d'école, qu'il a averti de son arrivée et chez lequel il doit descendre.

Le conservateur est là, en effet, plongeant un regard investigateur dans chaque compartiment. C'est un petit homme replet, trottinant sur des jambes courtes, serré dans une redingote, coiffé d'un chapeau mou et ganté de noir. Cette tenue moitié cérémonieuse et moitié négligée accentue encore sa tournure provinciale.

Delaberge est descendu, et les deux camarades se serrent la main.

— Mon cher inspecteur général, commence le conservateur, heureux de vous revoir... Avez-vous fait un bon voyage ?

— Très bon, mon cher Voinchet... Ah çà ! tu me dis « vous » maintenant, toi mon ancien ?

— Mon Dieu, bredouille Voinchet, je pensais que les convenances hiérarchiques...

— Tu plaisantes !... Entre nous les convenances hiérarchiques n'ont rien à faire... Dis-moi vite « tu », ou sinon je vais loger à l'auberge !

— Je t'obéis, répond le conservateur, qui se sent visiblement plus à l'aise.

Pendant un bon quart d'heure, en attendant le train, il s'est demandé anxieusement s'il tutoierait Delaberge comme jadis ou si, par déférence pour son grade, il lui donnerait du « vous ». Maintenant il s'est allégé et s'épanouit. Pendant qu'on charge les bagages, il regarde son camarade et sourit aimablement :

— Sais-tu que tu n'as presque pas changé !... Tu es aussi vert et robuste qu'au sortir de l'école.

— Flatteur ! réplique Delaberge : la vérité est que nous grisonnons tous deux et que nous avons vingt-huit ans de plus sur les épaules.

Au fond, néanmoins, le compliment ne lui déplaît pas;

surtout lorsqu'il constate que son contemporain paraît
plus vieux que lui. La maturité a alourdi le conservateur
et empâté son visage ; la somnolente monotonie de la vie
de province a éteint la vivacité de ses yeux ; l'habitude
de veiller constamment sur ses actes et ses paroles a
donné je ne sais quoi d'effacé et de terne à sa physionomie.

L'omnibus roule en cahotant sur le pavé de la chaussée,
et Voinchet reprend :

— Mme Voinchet nous attend pour déjeuner... Oh ! un
déjeuner sommaire, après lequel tu pourras aller sans
façon te reposer... Je dois te prévenir, mon cher, que ce
soir tu auras à subir une corvée... Nous avons invité
quelques personnes à dîner en ton honneur.

— Diable ! murmure Delaberge, visiblement contrarié,
c'est un traquenard, tu sais !

— Excuse-moi, mais les journaux du cru ont annoncé
ton arrivée... Nous nous serions mis à dos nos relations si
nous les avions privées du plaisir de passer une soirée
avec toi... Tu n'imagines pas, mon pauvre ami, les susceptibilités de la province !... D'ailleurs, nous ne serons pas
nombreux... Il y aura le président du tribunal, le secrétaire général de la préfecture, mon inspecteur et sa femme,
c'est tout.

— C'est bien assez ! dit Delaberge avec un sourire résigné.

— Ah ! j'oubliais... Nous aurons aussi une amie de ma
femme, Mme Liénard, la principale usagère des bois du
Val-Clavin... Tu ne seras peut-être pas fâché de causer
avec elle, et si tu peux lui faire entendre raison, l'affaire
du cantonnement ira sur des roulettes, car elle est la plus
ardente et la plus sérieuse adversaire de l'administration...
Bon, nous voici arrivés !

L'omnibus s'est arrêté à l'entrée d'une rue déserte où
l'herbe verdoie autour des pavés. En face de l'église Saint-
Jean, s'ouvre le porche d'un antique hôtel situé entre
cour et jardin. Tandis que le conducteur décharge les
bagages, Voinchet s'élance pour appeler un domestique.
Resté seul, Delaberge contemple un moment la rue endormie sur laquelle les bas côtés de la vieille église étendent

une ombre claustrale. Et dans la froide austérité de ce
quartier solitaire, la perspective d'un dîner officiel avec
les notables qui habitent cette ville morte, lui donne un
frisson de malaise et d'ennui.

III

ERS six heures et demie, Delaberge, qu'une
moelleuse sieste avait rafraîchi et reposé,
songea que le moment du dîner approchait et
procéda minutieusement à sa toilette, non
point par coquetterie, mais par principe. Il
estimait qu'une tenue irréprochable s'impose aux fonctionnaires qui représentent l'administration.

En nouant sa cravate, il songeait à la corvée de ce dîner
officiel où il serait toute une soirée en représentation
devant les convives du conservateur, et où le devoir professionnel l'obligerait à discuter avec la principale usagère des bois du Val-Clavin. A en juger par Mme Voinchet,
excellente femme d'intérieur, mais quadragénaire insi-
gnifiante à la figure moutonne, Mme Liénard, son amie,
devait être une personne mûre et peu attrayante. Delaberge se voyait déjà aux prises avec une plaideuse campagnarde, et cette maussade perspective le rendait soucieux.

Lorsqu'il descendit dans le salon vert et or, encombré
de meubles et décoré de bibelots d'un goût douteux, la
plupart des convives étaient arrivés.

On les lui présenta à la file : le président du tribunal,
un petit homme s'exprimant avec une prétention fleurie,

rasé de frais, cravaté de blanc, à l'œil émerillonné, au teint rose; le secrétaire général de la préfecture, grand, carré des épaules, portant beau, fier des succès de salon

Justement elle venait à lui, tenant en main la cafetière et une tasse qu'elle lui offrit. (Page 18.)

que lui valait sa voix de baryton; l'inspecteur, brun, hâlé, les sourcils en broussaille, la moustache en brosse et les cheveux taillés à l'ordonnance, offrant un type réussi du forestier de la vieille école, bourru comme un sanglier et rugueux comme un chêne.

Tandis que l'inspectrice, maigre et quasi-séchée dans sa

robe marron brodée de jais, se tenait assise sur un canapé
en compagnie de Mme Voinchet et l'entretenait longuement
de la difficulté qu'on a maintenant à se procurer de bons
domestiques, Delaberge accaparait l'inspecteur et l'entraînait à l'écart pour se renseigner d'une façon complète
sur la situation actuelle de l'affaire du cantonnement. Le
forestier, flatté d'absorber l'attention de son supérieur,
lui prodigua les détails techniques. Il pérorait depuis un
grand quart d'heure, quand Delaberge, à travers les
phrases prolixes de son subordonné, entendit Mme Voinchet s'écrier :

— Ah ! enfin !... je commençais à être inquiète...
Comme vous êtes en retard, chère amie !

A quoi une voix gaie, bien détachée des lèvres, répondait avec un léger accent langrois :

— Excusez-moi, j'ai voulu mettre une robe neuve en
votre honneur, et la couturière me l'a apportée à la dernière minute... Je me faisais un mauvais sang !

Au même moment, la porte de la salle à manger s'ouvrait à deux battants, et un domestique en gants de
coton blanc et en redingote noire, annonçait : « Madame
est servie ! »

— Monsieur l'inspecteur général, dit Mme Voinchet en
s'approchant de Delaberge, votre bras, s'il vous plaît !...

Celui-ci arrondissait déjà son bras pour l'offrir à son
hôtesse, quand Mme Voinchet, s'interrompant d'un air
consterné, se retournait vers la nouvelle venue et, lui
prenant la main, murmurait :

— Que je suis distraite !... Il faut d'abord que je vous
présente ma petite amie... Mme Camille Liénard, propriétaire de la Roselière, au Val-Clavin... M. Delaberge, inspecteur général des forêts.

Bien qu'il fût d'ordinaire très maître de lui, Delaberge
ne parvint pas à dissimuler une expression de surprise.
Au lieu de la vieille plaideuse qu'il imaginait, il voyait
une jeune femme de vingt-six ans environ, svelte, fraîche,
accorte, avec de souriants yeux bruns qui lui plurent
tout d'abord. Il salua, un peu ébaubi.

Sa mine étonnée n'eût certainement pas échappé aux
grands yeux ouverts de Mme Liénard, si elle-même n'eût
été préoccupée par une égale surprise. Ses claires pru-

nelles dévisageaient l'inspecteur général; elle avait l'air
rêveur de quelqu'un qui est frappé par une confuse ressemblance et qui se demande où il a déjà rencontré la
personne qu'on lui présente. Tout cela, du reste, fut
l'affaire de quelques secondes. Mme Liénard ébaucha une
leste révérence, Delaberge reprit le bras de son hôtesse,
et l'on passa dans la salle à manger.

A table, l'inspecteur général fut naturellement placé à
la droite de Mme Voinchet; en face, le conservateur sié-
geait encadré par l'inspectrice et par Mme Liénard; de
sorte que Delaberge avait pour vis-à-vis la propriétaire
de la Roselière. Il put donc l'observer à son aise pendant
le recueillement qui règne d'habitude au début d'un
dîner.

La fameuse robe neuve qui avait motivé le retard de
Mme Camille Liénard était noire avec une garniture de
rubans mauves, et Delaberge, habitué aux raffinements
de l'élégance parisienne, dut constater que la couturière
aurait pu mieux employer son temps. Le corsage de satin
n'avantageait point la taille, qui cependant semblait devoir être ronde et souple. L'étoffe grimaçait aux épaules et
engonçait le cou désagréablement. En somme, la jeune
femme était fagotée, mais elle paraissait médiocrement
s'en soucier.

Sa bonne humeur ne s'en épanouissait pas moins, et
l'expressive vivacité de son geste n'en était nullement
gênée. Avec sa bouche trop grande, son menton un peu
massif, ses sourcils minces, elle ne semblait pas précisément jolie, mais elle avait de beaux yeux lumineux et
vivants, d'abondants cheveux châtains bouffant sur les
tempes, une grande fraîcheur, un éclatant sourire, et cela
produisait une impression de verdeur, de bonne grâce
et de saine gaîté qui réjouissait le cœur. On sentait qu'elle
était tout en dehors, pleine de naturel et de spontanéité.

— Mme Liénard est mariée? demanda tout bas Delaberge
à sa voisine.

— Non, veuve... Voilà plus de deux ans qu'elle a perdu
son mari... un monsieur fort peu aimable... Elle n'a pas
d'enfants et vit seule à la Roselière, où elle fait beaucoup
de bien.

Delaberge reporta avec plus de complaisance ses yeux sur la jeune femme. Elle discutait à mi-voix avec l'inspecteur son voisin, et, tout en conservant son air enjoué, le harcelait de malicieuses récriminations. L'autre se hérissait et regimbait d'un ton bourru.

— Ah! vous n'êtes pas tendre pour le pauvre monde! se récriait-elle.

A ce moment elle releva la tête et surprit le regard attentif et curieux de son vis-à-vis. Loin de s'en offenser, elle sourit en rencontrant les yeux de Delaberge, et poursuivit :

— Tenez, décidément, il vaut mieux s'adresser au bon Dieu qu'à ses saints... J'en appelle à M. l'inspecteur général!

Ainsi pris à partie, celui-ci demanda de son air gravement affable :

— De quoi s'agit-il, madame ?

— Du cantonnement que l'administration forestière veut nous imposer. Sous prétexte qu'il est impossible d'évaluer séparément les droits des usagers, M. l'inspecteur ici présent nous offre comme compensation un canton de forêt qui est à une lieue du Val-Clavin... Je soutiens, moi, que c'est inique et barbare !

— Voilà des mots bien durs, objecta Delaberge en riant.

— Durs, mais exacts... Voyons : j'ai, moi, un droit d'*affouage*; les gens du Val-Clavin ont un droit de *pacage*... On nous offre un canton impropre à la pâture et très éloigné de chez nous... Vous appelez cela de la justice ?...

— Madame, interrompit plaisamment l'inspecteur général, tous mes compliments; vous traitez la question comme un jurisconsulte.

— Oh! dit le conservateur, tu auras affaire à forte partie... Mme Liénard est ferrée sur ses droits.

— Sur les miens et sur ceux des autres, cher monsieur Voinchet! reprit la jeune femme en s'animant; les habitants du Val-Clavin méritent encore plus que moi qu'on ait égard à leurs réclamations : ce sont de pauvres gens, et pour conduire leurs bêtes au pacage, il leur faudra faire plus d'une lieue à travers champs, puisque la

forêt où on prétend les cantonner n'est reliée au village
par aucune voie directe.

— Nous les dédommagerons en leur établissant un beau
chemin.

— Les dédommagerez-vous aussi de la perte de temps
et de la mauvaise qualité du pacage ?... Ces bois de Charbonnière sont pleins de marécages et de fondrières, et si
vous connaissiez le pays, monsieur l'inspecteur général !...

— Je le connais, repartit Delaberge, c'est au Val-Clavin
que j'ai débuté comme forestier.

— Ah ! vraiment, s'écria Mme Liénard, eh bien ! en ce
cas...

Elle regarda autour d'elle, vit que le président et l'inspectrice étouffaient un bâillement, et se mit à rire.

— Pardon ! ajouta-t-elle, je me monte, et j'oublie que
cette discussion n'intéresse pas les convives de M. Voinchet; nous ferons bien d'en rester là, mais je ne me
tiens pas pour battue !

La conversation redevint générale, au grand regret de
Delaberge. Sa curiosité était piquée par la vivacité avec
laquelle Mme Liénard défendait ses droits. L'originalité de
cette jeune femme contrastait avec l'effacement et la bana-
lité de la plupart des invités.

Dans le feu de la discussion, sa figure devenait tout à
fait charmante. Il n'y avait en elle rien d'apprêté ni de
convenu; rien de cette prudence timorée, de ce *quant à
soi*, qui donnent une si monotone insignifiance aux femmes
de la province. On sentait la sincérité, la générosité jaillir
de son cœur. Mme Liénard plaisait à Delaberge par des
qualités tout opposées aux siennes. Cet homme réservé,
discret, boutonné, s'intéressait à ce caractère enjoué et
primesautier. Aussi, lorsqu'on sortit de table et qu'on
rentra dans le salon, manœuvra-t-il pour se retrouver
près de la jeune femme.

IV

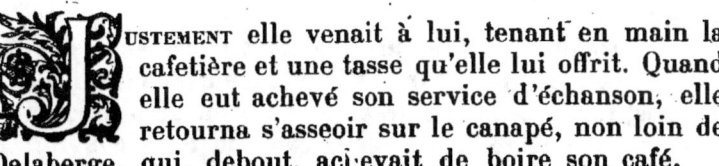USTEMENT elle venait à lui, tenant en main la cafetière et une tasse qu'elle lui offrit. Quand elle eut achevé son service d'échanson, elle retourna s'asseoir sur le canapé, non loin de Delaberge, qui, debout, achevait de boire son café.

— Monsieur, dit-elle, vous seriez beaucoup plus à l'aise si vous vous asseyiez.

En même temps elle se reculait pour lui ménager une place sur le canapé. L'inspecteur général ne demandait qu'à obéir à cette engageante invitation ; mais, comme sa tasse l'embarrassait, il fit d'abord le geste d'aller la déposer sur un guéridon. Mᵐᵉ Liénard le prévint, s'empara de la tasse et courut vers le domestique qui passait avec un plateau. Cette bonne grâce familière, cette prévenante déférence, donnèrent le change à Delaberge.

Bien qu'il fût peu enclin à la fatuité, il s'imagina que la jeune femme se mettait en frais pour lui plaire, et il éprouva un chatouillement de satisfaction, — sans réfléchir qu'un homme de cinquante ans paraît déjà un peu un vieillard à une femme qui en a vingt-six. Mais Delaberge, ainsi que la plupart d'entre nous, ne se voyait pas vieillir.

Il raisonnait comme un homme persuadé qu'il peut encore inspirer de la tendresse ; il ne se disait pas que les prévenances de Mᵐᵉ Liénard pouvaient provenir tout simplement de la spontanéité d'une âme naturellement affectueuse et encouragée à se montrer aimable, parce que précisément la différence d'âge semblait enlever tout prétexte à une interprétation équivoque.

Néanmoins, tandis que la jeune femme, avec une vivacité enjouée, revenait s'asseoir près de lui, la méfiance de l'inspecteur général se réveilla; il se demanda s'il n'était pas dupe de quelque rouerie féminine, et si Mme Liénard ne méditait pas de le circonvenir, de le gagner à la cause des usagers et de le forcer à se départir de sa rigueur administrative.

Elle s'était accoudée nonchalamment au bras du canapé, et, par-dessus son éventail lentement agité, elle regardait Delaberge en souriant. Celui-ci, devenu soupçonneux et se mettant sur la défensive, étudiait la physionomie de sa voisine.

Il se sentit bien vite rassuré. Non, dans ces yeux limpides, sur ce front pur, sur ces lèvres franchement bienveillantes, il n'y avait pas trace de ruse ou de duplicité. Au fond de ces prunelles couleur café, on ne découvrait aucune de ces lueurs troubles et fuyantes qui sont l'indice du mensonge. Ni le front ni la bouche n'étaient marqués de ces plis qui décèlent les âmes fausses et compliquées. Décidément, Mme Liénard n'avait rien d'une Dalila.

Elle referma brusquement son éventail, se pencha vers Delaberge et dit :

— Ainsi, monsieur, vous avez habité le Val-Clavin?

— Oui, madame, pendant deux ans.

— Il y a longtemps?

— Hélas! oui, très longtemps... A cette époque vous ne deviez pas être née. Mais je me souviens du pays comme si c'était hier. Je revois très nettement la route qui mène à la Roselière et où je faisais ma promenade quotidienne. On accédait à la propriété par une allée plantée de jeunes frênes...

— Les jeunes frênes ont grandi et donnent maintenant un bel ombrage.

— En ce temps-là, poursuivit-il, la Roselière était occupée par un original nommé M. Le Marois. Il avait des mœurs singulières, se calfeutrait tout le jour dans une chambre aux volets clos, et ne sortait qu'à la nuit tombée, dans une vieille berline conduite par un cocher aussi excentrique que son maître...

— Cet original était mon grand-oncle, iuterrompit-elle en riant.

— Ah !... pardon !

— Ne vous excusez pas, répliqua-t-elle : c'était un être bizarre, et si vous me poussiez, je vous avouerais que je l'avais pris en grippe... Il existait encore quand je me suis mariée ; il m'avait dotée, à condition que mon mari et moi nous habiterions avec lui... Ce qu'il nous a rendu la vie insupportable, on ne se l'imagine pas !... Enfin il est mort, et je confesse que je l'ai pleuré... Il a failli me faire haïr la Roselière.

— Est-ce que vous y demeurez toute l'année ?

— Parfaitement, c'est à peine si je fais deux ou trois fugues par an à Dijon ou à Chaumont, pour des affaires d'intérêts. Quand j'ai passé une semaine en ville, je n'ai qu'un désir, regagner ma maison au plus vite.

— Vraiment, à votre âge, ne trouvez-vous pas cette solitude assez austère ? Vous ne vous y ennuyez jamais ?

— Rarement... D'abord il faut que vous sachiez que j'ai un tempérament de paysanne. Dès que la belle saison commence, je vis constamment dehors... Je m'occupe de mes bêtes, de mes fleurs, de mes arbres ; je surveille mes coupes de bois. Je vous assure que j'ignore quasiment ce que c'est que l'ennui.

— Mais l'hiver ?

— L'hiver, j'allume de belles flambées de hêtre et je m'installe au coin de ma cheminée avec un livre... Il y a à la Roselière une bibliothèque assez bien garnie et que j'augmente encore en me tenant au courant de ce qui paraît... Je suis une enragée liseuse... Quand j'ai un livre intéressant et, à portée, un sac de pralines à grignoter, je passe des heures délicieuses près de mon feu...

Tandis qu'ils causaient à l'écart, le conservateur organisait une table de whist, et, sur le refus de Delaberge et de Mme Liénard, s'y installait avec l'inspectrice, le président et le secrétaire général. Mme Voinchet et l'inspecteur examinaient le jeu des partners, en attendant qu'ils prissent la place de l'un d'eux ; de sorte que la jeune veuve et son interlocuteur, grâce à la préoccupation des joueurs de whist, se trouvaient isolés sur le canapé comme au fond d'un bois.

Ce tête-à-tête dans la pénombre les rapprochait singulièrement et donnait quelque chose de plus intime et de plus confiant à leur entretien. Mme Liénard ne semblait nullement intimidée par son grave vis-à-vis Elle s'étonnait elle-même de se trouver si à l'aise avec ce Parisien qu'elle connaissait depuis quelques heures à peine. Quant à Delaberge, il était à la fois surpris et charmé de la sympathie visible que lui témoignait la jeune femme. Il l'écoutait parler avec plaisir et se sentait rafraîchi par le naturel, le bon sens et la gaîté de sa voisine.

Il oubliait son accent langrois, sa robe mal façonnée et ses traits irréguliers. Si elle avait la tournure provinciale, elle possédait en revanche une culture d'esprit, un jugement net et surtout une faculté d'enthousiasme qu'on ne rencontre pas souvent, même à Paris. Au sujet de ses lectures, elle s'exprimait avec une indépendance, un sens critique et une vivacité qui ravissaient ce Parisien, habitué aux réticences prudentes, aux admirations convenues et aux opinions superficielles du monde bureaucratique au milieu duquel il vivait.

Au bout d'une heure de causerie, il était tout à fait enchanté de Mme Liénard et se félicitait de cette heureuse soirée. Il remarquait avec plaisir que, pendant cette longue conversation, la propriétaire de la Roselière n'avait pas fait la plus légère allusion à l'affaire du cantonnement, et il lui savait gré de sa délicate réserve. Il était secrètement flatté de ne devoir qu'à lui-même les gracieuses prévenances de la veuve. Il se reprochait ses injustes soupçons, et, comme pour l'en dédommager, il s'efforçait à son tour de se montrer expansif, aimable, presque galant.

Tout à coup, s'interrompant au milieu d'une discussion animée, Mme Liénard tira de sa ceinture une petite montre qu'elle consulta :

— Déjà onze heures ! s'écria-t-elle, j'ai absolument oublié que je loge chez des amis et que ces excellentes gens se morfondent en m'attendant...

Elle se leva et tendit la main à Delaberge :

— Bonsoir, monsieur, et au revoir, puisque vous irez

bientôt au Val-Clavin!... Je rentre dès demain matin à la Roselière, et, bien que nous soyons ennemis, administrativement parlant, j'espère que j'aurai le plaisir de vous y voir pendant votre séjour dans nos bois.

Elle lui fit une rapide révérence, courut embrasser Mme Voinchet, salua à la ronde et, comme Cendrillon au coup de minuit, s'esquiva précipitamment, sans permettre au conservateur de l'accompagner.

V

RANCISQUE Delaberge se réveilla avec une sensation de joie confuse, comme il arrive lorsque au petit matin on conserve encore l'impression d'un joli rêve évanoui ; puis, les derniers brouillards du sommeil s'étant dissipés, il s'aperçut que sa joie était causée par le souvenir de son entretien avec Mme Liénard. Il se rappela également que, ce matin même, la jeune veuve devait repartir pour la Roselière, et du coup sa sourde allégresse se trouva gâtée par la perspective d'une prolongation de séjour à Chaumont. La petite ville lui apparut plus frigidement morose que la veille. L'ombre portée de l'église Saint-Jean, obscurcissant la cour humide du logis Voinchet, semblait s'étendre jusqu'au fond de l'âme de l'inspecteur général. Aussi prit-il la résolution de brusquer son départ.

Dès qu'il fut habillé, il employa sa matinée à compulser les dossiers de la conservation et à recueillir des notes ; puis, immédiatement après le déjeuner et malgré

les instances de son camarade Voinchet, il monta dans le
train rapide et descendit à Langres. Là il se mit en
quête d'une voiture de louage et se fit conduire au Val-
Clavin.

Il y a six bonnes lieues de Langres à ce bourg, niché
dans les bois. Après avoir roulé d'abord sur la route de
Dijon, la voiture tourna à droite et s'engagea dans le chemin vicinal qui court à travers un long plateau pierreux, d'une nudité austère.

La lumière de l'après-midi, blutée par de fines nuées,
veloutait la plaine verdissante et les lisières de bois qui
bleuissaient l'horizon. Ce ciel à demi couvert, ces clartés
diffuses s'harmonisaient avec les flottantes pensées de
Delaberge. A vrai dire, c'étaient moins des pensées que
des rêves. Fatigué de sa laborieuse matinée, bercé par le
roulis de la victoria, il se laissait aller à une somnolente
contemplation où les images perçues suscitaient de vagues
souvenirs. Le moutonnement des forêts lointaines le faisait songer à l'affaire du cantonnement, et soudain, il se
disait, non sans une secrète satisfaction, que parmi les
usagers du Val-Clavin se trouvait une certaine veuve aux
limpides yeux bruns, aux bandeaux châtains bouffant sur
les tempes, avec laquelle il avait passé une agréable soirée.

Du milieu des seigles, une alouette essorant vers la nue
et s'y perdant, tandis que sa vive ritournelle résonnait
gaîment, remémorait à Francisque le réveillant enjouement et la voie nettement timbrée de Mme Liénard. A travers sa rêverie, l'idée de revoir la jeune femme à la Roselière filtrait doucement, pareille à la lumière discrète que
tamisait la floconneuse mousseline des nuées.

Quand on fut au fond de la combe de Pierrefontaine, le
conducteur sauta à bas de son siège. La rampe qu'il fallait remonter était assez longue et assez raide ; le cheval
la gravissait au pas, en soufflant. Pour alléger le locatis
et aussi pour secouer sa somnolence, Delaberge imita le
conducteur, et, d'un pied leste encore, la tête légèrement
penchée, chemina au long des talus fleuris de margue-
rites et de lotiers.

Derrière lui, le cocher faisait claquer bruyamment son
fouet. Au fond de la combe, le martellement saccadé de
l'enclume retentissait dans l'appentis d'un maréchal fer-

rant; pendant les intervalles de silence, on percevait
comme des sons de fifres invisibles la chanson des
alouettes. Peu à peu ces bruits rustiques réveillèrent en
l'âme de l'inspecteur général des souvenances depuis bien
longtemps endormies...

Il se revit grimpant cette même rampe, à vingt-quatre
ans, en automne, par une après-midi toute pareille. Il
s'en allait alors léger d'argent et riche d'espérances, prendre possession de son poste de garde général au Val-Clavin. Plus ingambe, mais moins philosophe qu'aujourd'hui, il sondait d'un œil inquiet l'âpre solitude du plateau de Langres et se rassérénait un peu en pénétrant dans les bois accidentés qui entourent le village.

La voiture tourna à droite et s'engagea
dans le chemin vicinal. (P. 23)

Delaberge se souvenait de la sensation d'isolement qu'il avait éprouvée en arrivant un soir dans ce
petit bourg de trois cents feux, situé au confluent des
deux ruisseaux dont la réunion forme la rivière de l'Aube.
Tombant sans transition en ce pays sauvage, au sortir
de l'Ecole de Nancy, il s'y était trouvé tout d'abord
esseulé et désorienté. L'hiver y était rude, les distractions nulles. La société se composait de deux ou trois
employés; de quelques propriétaires campagnards, tous
mariés et peu disposés à recevoir chez eux le nouveau
venu.

Et sa bouche se trouva si près de celle de
Delaberge... (Page 27.)

Comme il s'était ennuyé pendant les jours sombres de
décembre et de janvier! Durant deux mois la terre restait
couverte de neige et il était impossible de sortir. La besogne n'abondait pas; sa quasi-oisiveté lui rendait les
journées plus ternes et plus insupportables. Il n'avait
plus de goût à relire les quelques livres qu'il possédait
et qu'il savait par cœur. Les heures se succédaient si
longues et si vides, la solitude lui devenait si odieuse, qu'il

en arrivait peu à peu à une déprimante veulerie morale, née de ce féroce ennui.

Il logeait à l'auberge du *Soleil d'Or* et y prenait pension. Cette auberge, fréquentée par des rouliers et des marchands de bois, résonnait du matin au soir de discordants tapages. Il mangeait seul ou en compagnie de son maître d'hôtel, M. Princetot, un gros Bourguignon au teint fleuri, à l'œil endormi et finaud, dont la conversation roulait invariablement sur les vins qu'il emmagasinait dans sa cave pour les revendre le plus cher possible aux petits débitants de la montagne. Dans cette grisâtre et morne symphonie de l'ennui, la seule note colorée et réveillante était donnée par son hôtesse Mᵐᵉ Princetot.

Micheline Princetot courait alors sur ses vingt-huit ans. Assez grande, bien faite, avec un teint mat et langoureux, yeux gris, elle avait d'engageantes façons et le sourire de ses lèvres charnues creusait de chaque côté des joues ces affriolantes fossettes que le peuple appelle des « nids d'amour ». Intelligente et très fine, elle menait par le nez le gros Princetot, qui, tout affairé à son commerce de vins, lui laissait gouverner l'auberge à son gré. Elle s'y entendait à merveille. Proprette, attirante et, de plus, excellente cuisinière, elle savait aguicher les clients. Grâce à elle, les notables du canton descendaient fréquemment au *Soleil d'Or*. On prétendait, à la vérité, qu'elle poussait la coquetterie un peu loin et n'était pas aussi fidèle épouse que diligente ménagère; toutefois les méchants propos colportés par des envieux ne réussissaient pas à ébranler la confiance de Princetot.

Au commencement, Francisque, ayant encore dans les yeux les provinciales élégances des grisettes et des belles dames de Nancy, n'accordait qu'une attention distraite aux grâces campagnardes de son hôtelière. Mais, dans une solitude comme celle du Val-Clavin, une jeune femme près de laquelle on vit matin et soir finit par exercer un attrait lent et sûr. Après avoir regardé la dame avec indifférence, Delaberge arrivait graduellement à découvrir en elle des charmes d'abord inaperçus.

L'isolement aidant, elle lui paraissait de jour en jour plus désirable. Souvent, quand le forestier dînait seul, après la nappe enlevée, Mme Micheline s'attardait à deviser avec son pensionnaire. Plutôt que de remonter dans sa chambre maussade, le jeune homme prêtait volontiers l'oreille au babil de son hôtesse, et ses yeux s'arrêtaient avec plus de complaisance sur l'épais chignon, sur la nuque blanche où frisaient des cheveux fous, sur la flexibilité de la taille et la rondeur provocante du buste. Parfois ils restaient silencieux; le langoureux regard de Micheline rencontrait les yeux bleus du garde général : celui-ci, d'ordinaire froid et réservé, se dégourdissait, risquait une galante insinuation, et, avec son intuition féminine, l'hôtesse du *Soleil d'Or* devinait à certaines inflexions émues de la voix de son pensionnaire, qu'il se dégelait et devenait moins insensible à ses charmes.

Cependant l'hiver passait, le printemps reverdissait les bois, et sous son influence une plus familière privauté s'établissait entre Delaberge et Mme Princetot.

Une après-midi de dimanche, Micheline était montée dans la chambre du forestier, et, penchée à la fenêtre. s'efforçait d'atteindre les branches d'un lilas en fleurs qui se balançait à hauteur de l'embrasure. Ce jour-là elle avait sa robe la plus seyante, et les mouvements qu'elle faisait mettaient en valeur la ligne du cou, la souplesse de la taille, les rondeurs des hanches. Debout à côté d'elle, Delaberge l'aidait de son mieux. A un moment, comme elle se penchait trop témérairement en dehors, le garde général s'enhardit à la retenir en lui étreignant la taille. Mme Princetot se retourna en riant de ce rire sensuel qui creusait des fossettes dans ses joues, et sa bouche se trouva si près de celle de Delaberge qu'il ne résista pas à la tentation. Il la baisa à pleines lèvres; les grappes de lilas roulèrent sur le carreau, et Micheline tomba dans les bras de son pensionnaire.

A partir de ce moment, Mme Princetot fut la maîtresse du garde général et celui-ci ne s'ennuya plus au Val-Clavin. M. Princetot s'absentait souvent pour aller acheter son vin en Bourgogne ou le revendre à des clients de la montagne, et les amoureux en profitaient.

Ils se figuraient que leur très étroite intimité échappait à l'attention et aux médisances du village; mais les amours les mieux cachées répandent une odeur subtile qui les trahit. Le secret de leur liaison s'évapora insensiblement à travers les rues du Val-Clavin, et les langues commencèrent à jaser. Princetot seul ne se douta de rien.

Cette intrigue dura dix-huit mois : Delaberge sentait déjà la satiété venir, quand brusquement il reçut la notification d'un changement de résidence. En apprenant cette fâcheuse nouvelle, Mme Micheline fondit en larmes. Mais quoi? Delaberge devait obéir aux injonctions administratives ; l'hôtesse ne s'était jamais dissimulé qu'il la quitterait un jour ou l'autre ; et, tout en soupirant elle se résigna.

Une semaine plus tard, après un dernier rendez-vous d'amour, le garde général partait pour Paris, non sans éprouver un vague soulagement.

Ils s'étaient promis de s'écrire : ni l'un ni l'autre ne tinrent leur promesse. Un silence absolu tomba entre eux. Delaberge, dont les sens seuls avaient été occupés, ne s'en inquiéta point. Il supposait que Mme Micheline s'était rapidement consolée et lui avait donné tout naturellement un successeur. Peu à peu son amourette campagnarde lui apparut comme ces brèves étoiles filantes qui naissent dans un ciel d'août, le traversent et s'éteignent.

Les préoccupations du métier et de l'avancement avaient vite étouffé en lui le souvenir de cette aventure juvénile. Des années et des années avaient passé, emportant comme un torrent ses désirs et son énergie vers de bien autres rives que celles du Tendre. S'il repensait parfois aux épisodes de son début au Val-Clavin, c'était avec le souriant dédain de l'homme mûr pour les enfantillages de la première jeunesse. Et voilà que les hasards administratifs le ramenaient dans ce village perdu au fond des bois; voilà que les détails du paysage, l'air ambiant, la physionomie de la route jadis tant de fois parcourue, évoquaient Mme Micheline, qu'il croyait ensevelie sous une profonde couche d'oubli...

Mais la mort seule apporte avec elle le véritable et total oubli. Tant que nous cheminons dans la vie, nous risquons de nous retrouver face à face avec les personnes et les

choses que nous avions à jamais effacées de notre mémoire.

A Paris, cette possibilité d'une rencontre avec son
ancienne maîtresse avait à peine effleuré son esprit; mais
maintenant que Delaberge se rapprochait du village où il
l'avait connue, une inquiète appréhension s'éveillait en lui.

La prudence du fonctionnaire s'alarmait. Il craignait,
au cas où Mme Princetot habiterait encore le Val-Clavin,
d'être exposé à des familiarités compromettantes pour
son caractère officiel. A la vérité, il se disait que ving-six
ans, plus d'un quart de siècle, amènent, même dans un
village, des changements radicaux. Parmi les gens qui
l'avaient connu jadis, beaucoup sans doute avaient disparu. Les hommes mûrs étaient maintenant des vieillards,
les marmots d'autrefois avaient pris leur place et ne se
souciaient guère du temps passé. Mme Princetot comptait
elle-même cinquante ans, et la maturité l'avait certainement assagie. Et puis, qui sait? elle avait peut-être
quitté le pays. Princetot devenu riche avait dû vendre
son auberge, et le *Soleil d'Or* n'existait probablement
plus...

Au reste, il était facile de se renseigner sur ce point en
consultant le conducteur. Cet homme, qui voiturait souvent des voyageurs dans la montagne, était certainement
au courant des choses du pays... Justement on était arrivé au sommet et on gagnait le *Ran de la Mancienne*,
qui forme le verdoyant vestibule de cette région forestière. En reprenant sa place dans la victoria, Delaberge
demanda au cocher:

— Vous connaissez le Val-Clavin?

— Pour le sûr, monsieur: j'y mène assez de clients en
été et pendant la saison des chasses!

— Quélle est la meilleure auberge?

— La meilleure?... Il n'y en a qu'une bonne : le *Soleil
d'Or*... Les autres sont de méchants cabarets.

— La maison est bien tenue?

— Pour ça oui, et on y mange bien... Les gens de
Langres y viennent déjeuner en partie de plaisir... Voyez-
vous, le *Soleil d'Or* ne date pas d'hier; voilà plus de
trente ans qu'il rapporte de belles rentes au Prince et à
sa femme.

— Quel Prince? s'exclama Delaberge désorienté.

Le conducteur éclata de rire :

— M. Princetot, pardi !... C'est un sobriquet qu'on lui donne, rapport à ce qu'il est riche, puissant... On l'appelle « le Prince » et sa femme « la Princesse »... Et je vous réponds qu'ils en ont, des champs au soleil !... La moitié du finage à eux... Le père Princetot a ajouté à son auberge une distillerie où il gagne de l'argent gros comme lui, et ce n'est pas peu dire... Ils n'en sont pas plus fiers pour ça et continuent de tenir leur hôtel, comme s'ils en avaient besoin... Que voulez-vous ? l'habitude !...

VI

ELABERGE était redevenu taciturne. Tandis que la voiture filait entre deux lisières de bois, parfois interrompues par les cultures d'une ferme, il songeait, non sans ennui, à cette rencontre inévitable avec Mme Princetot. Quelle figure lui ferait-elle et comment s'aborderaient-ils? Bah ! ils avaient changé tous deux en vingt-six ans, et peut-être ne le reconnaîtrait-elle pas? Oui, mais le lendemain il lui faudrait décliner ses qualités, et adieu l'incognito ! De plus, sa réserve en ce cas paraîtrait étrange au bonhomme Princetot.

En dépit de son expérience et de son esprit délié, l'inspecteur général était pétri du même limon que le reste de l'humanité. Il ne s'étonnait pas d'avoir oublié les gens, mais il s'imaginait mal que les autres eussent pu oublier sa propre personne.

Pendant qu'il ruminait toutes ces hypothèses, le cheval, sentant l'écurie prochaine, trottait plus allégrement; la distance s'accourcissait, et déjà, du haut de la dernière rampe, on apercevait sous bois les maisons du Val-Clavin ramassées comme des œufs au fond d'un nid. Parmi les prés, la rivière miroitait par place, et le coq du clocher pointu reluisait au soleil couchant. Bientôt on entrait dans le bourg, qui n'était guère modifié. Des deux côtés du vieux pont en dos d'âne, les joncs de l'étang frissonnaient.comme autrefois au vent du soir. Avec le même bruit frais, l'Aubette bouillonnait dans le déversoir du moulin, et les centenaires tilleuls de la promenade moutonnaient au-dessus des toits nimbés de fumées bleues. Aux dernières rougeurs du crépuscule, l'ombre des anciens jours se levait devant les yeux de Delaberge, et les figures de ce passé lointain apparaissaient plus nettes, plus en relief en ce mélancolique soleil couchant du Souvenir.

Il songeait avec un plus léger battement de cœur à la vieille auberge avec son perron de cinq marches et son enseigne rouillée, aux yeux langoureux de Mme Micheline, à la mine rabelaisienne et finaude de M. Princetot...

Tout à coup la voiture s'arrêta net devant une maison blanche, et ce fut à grand'peine que Francisque reconnut l'auberge, réchampie à neuf et agrandie d'une aile en retour. L'enseigne grinçante avait disparu, mais on lisait sur la façade, en belles lettres majuscules:

HOTEL DU SOLEIL.D'OR

Plus loin, à l'angle de la route, on distinguait les murs de pierre de taille et les tuiles neuves de la nouvelle distillerie construite par M. Princetot. Justement, il était là, campé sur son perron, appuyant un large dos au chambranle de son huis, celui qu'on appelait maintenant « le Prince ». Rubicond, ventripotent, vêtu d'un complet de gros drap, il clignait ses petits yeux envahis par la graisse, et, sans bouger, examinait flégmatiquement le client qui lui arrivait de Langres.

Tandis que le voyageur mettait pied à terre, M. Princetot se décidait à héler un garçon d'écurie et lui ordonnait de s'occuper des bagages. Delaberge, au dernier moment, avait résolu d'aller bravement au-devant des questions. Il gravit donc les marches, et suivant le maître d'hôtel dans la cuisine toute flamboyante de casseroles de cuivre, il l'interpella le premier :

— Bonsoir, monsieur Princetot... Je vois que vous ne me reconnaissez pas?

Le Prince cligna de nouveau ses petits yeux, passa une main dans ses cheveux devenus blancs, et, tout perplexe, se gratta l'oreille :

— Ma foi, non, monsieur, je n'ai pas le plaisir de vous remettre.

— Je suis pourtant un de vos anciens pensionnaires... Monsieur Delaberge.

Une femme qu'il n'avait pas remarquée d'abord et qui se tenait sur ses fourneaux, au fond de la cuisine, se retourna brusquement, et rien qu'à la visible émotion de la dame, l'inspecteur général devina qu'il avait devant lui Micheline Princetot. Elle respirait péniblement, baissait les yeux, roulait machinalement autour de ses doigts les cordons de son tablier et saluait sans desserrer les lèvres.

Hélas ! elle ne ressemblait guère à la séduisante Micheline du temps passé ! Sa taille s'était épaissie, son visage s'était empâté, un bonnet de linge avançant jusque sur le front cachait presque ses cheveux grisonnants. Sa robe foncée, à plis droits, ses yeux mi-clos, son visage de cire, l'expression réservée et doucereuse de sa physionomie, lui donnaient des airs de béguine.

— Monsieur Delaberge ! murmura-t-elle avec plus de surprise que de joie.

Puis elle ajouta en pinçant les lèvres et sans lever les yeux :

— On ne pensait guère vous revoir au Val-Clavin.

— M. Delaberge? reprenait le Prince, attendez donc... Je me rappelle !... Vous étiez ici comme garde général à l'époque où on rebâtissait l'église... Excusez-moi de ne pas vous avoir reconnu, mais nous avons vu passer tant de monde depuis ce temps-là !...

Tout en parlant, il dévisageait de nouveau son voyageur, reluquait la rosette de sa boutonnière, et soupçon-

nant qu'il avait affaire maintenant à un client considé-
rable, devenait moins indifférent.

— Ah! dame, continuait-il, c'est que nous avons tous
pris de l'âge, et vingt-cinq ou vingt-six ans changent
diantrement les figures... Et vous voilà donc de retour
par chez nous? Ma femme, il faudra caser monsieur dans
la chambre rouge.

Delaberge, un peu déconcerté par cet accueil banal et
la constatation de ce mortifiant oubli, déclara qu'il ne
tenait pas à la « chambre rouge » : il préférait loger dans
la pièce qu'il avait occupée autrefois et dont la fenêtre
ouvrait sur le jardin.

— Votre ancienne chambre? répliqua Princetot; ah!
oui, voilà... C'est qu'elle n'est plus libre... Nous l'avons
remise à neuf et donnée à notre garçon... notre Simon,
qui est revenu, il y a deux ans, de l'école de Cluny avec
tous ses brevets.

— Vous avez un fils? demanda l'inspecteur général
surpris.

— Au fait, vous ne pouviez pas le savoir... Notre
Simon n'était pas encore au monde, de votre temps. Il
s'est fait un peu attendre, mais il a été tout de même le
bienvenu : n'est-ce pas, madame Princetot?

Mme Micheline semblait agacée par le bavardage de son
mari; sa placide figure de dévote prenait une expression
mécontente et ses lèvres se plissaient nerveusement.
Elle fit remarquer que M. Delaberge devait avoir besoin
de se reposer, et qu'il était inutile de le fatiguer en lui
parlant de ce *gachenet* qu'il ne connaissait pas...

— Mais, repartit obstinément Princetot, monsieur le
connaîtra s'il reste quelques jours au Val-Clavin, et Simon
est bon à connaître... Ce soir, malheureusement, il ne
rentrera que tard, car il est en forêt pour une expertise...
Les gens de chez nous ont eu recours à lui pour une
affaire de cantonnement, et comme il est très malin et
très au courant du régime des bois, on l'a chargé de défendre les droits des usagers...

— Oui, oui, une méchante affaire qu'il s'est mise sur
les bras! interrompit Mme Princetot.

Plus perspicace que le Prince, elle soupçonnait que
Delaberge devait être venu précisément pour cette ques-

tion de cantonnement, et elle craignait que son mari
n'eût la langue trop longue.

— Une méchante affaire, qu'en sais-tu? riposta ce
dernier avec un mystérieux clignement d'œil; Simon a
de l'esprit et du flair, et il est assez grand garçon pour
marcher tout seul.

— Enfin, soupira Mme Micheline, il est à souhaiter que
tout ce micmac ne lui donne pas plus de chagrin que de
profit !

Puis, pour couper court à cette conversation, elle demanda au voyageur s'il dînerait à table d'hôte.

— Non, répondit Delaberge, veuillez me servir chez
moi, et ayez la bonté de prévenir le garde général de
mon arrivée... J'ai besoin de causer avec lui dès ce
soir...

Quelques minutes après, il était installé dans la
« chambre rouge », réservée d'ordinaire aux hôtes
d'importance. Cette pièce, au parquet ciré et au grand
lit tendu de damas groseille, était percée de deux fenêtres, l'une ouvrant sur la rue, l'autre sur le jardin, qui
montait en pente douce vers les bois.

Delaberge, après s'être lavé de la poussière de la route,
vidait sa valise, quand on frappa discrètement. Ce fut
avec un petit mouvement d'anxiété qu'il cria d'entrer. Il
croyait voir apparaître Mme Micheline, désireuse sans
doute de l'entretenir seule à seul; mais il fut rapidement
détrompé. Une maigre et alerte fille, pénétrant dans la
chambre avec un panier à bouteilles et une pile d'as-
siettes, se mit en devoir de dresser le couvert. Quand
tout fut prêt, elle s'esquiva, puis remonta avec la sou-
pière.

En se faisant servir chez lui, l'inspecteur général avait
un peu espéré qu'il pourrait ainsi s'expliquer amicalement et une fois pour toutes avec Mme Princetot. Il se
trouva déçu. Il devenait évident que Mme Micheline ne se
souciait pas de provoquer une explication rétrospective.
Etait-ce indifférence? ou plutôt désirait-elle, dès le début, faire comprendre à son hôte qu'il fallait éviter toute
allusion au passé? « Comme elle voudra! se dit Delaberge : peut-être d'ailleurs vaut-il mieux qu'il en soit
ainsi. »

Néanmoins, en son for intérieur, il éprouvait une sorte de désappointement. Pendant qu'il s'enfonçait dans ses ressouvenances, le long de la rampe de Pierrefontaine, et revivait en imagination le temps du Val-Clavin, il ne s'attendait pas à s'y trouver si complètement oublié, si crûment traité en étranger!... Cela le rendit mélancolique, et il s'attabla morosement devant son dîner solitaire.

Comme il achevait son dessert, on lui annonça le garde général : un mince garçon obséquieux et balbutiant, qui se confondait en salutations et n'osait s'asseoir, tant il était intimidé. Delaberge, après d'inutiles efforts pour le mettre à l'aise, lui donna brièvement ses instructions pour le lendemain et lui indiqua l'heure à laquelle ils se rendraient ensemble en forêt ; puis il sortit de l'auberge avec lui et se promena un moment, seul, au bord de l'Aube.

Il faisait complètement nuit, mais le ciel fourmillait d'étoiles et des rossignols chantaient dans les vergers du voisinage. Il écouta cette même musique qui jadis avait accompagné ses duos d'amour avec Mme Micheline. Il se sentait devenir sentimental : malheureusement, il s'apercevait aussi, au frisson que lui causait la fraîcheur de la rivière, qu'il n'était plus à l'âge où l'on rêve à la belle étoile. De sorte qu'il rebroussa chemin.

Quand il rentra à l'hôtel, M. et Mme Princetot avaient disparu. La cuisine était confiée à la garde d'une servante qui alluma un bougeoir et qui le guida jusqu'à la chambre rouge en lui souhaitant une bonne nuit. Delaberge, en fermant ses fenêtres, songea que la Roselière était proche et que, le lendemain, s'il le voulait, il pourrait se dédommager de cette maussade soirée en rendant visite à l'aimable Mme Liénard. Cette pensée le rasséréna. Il se dévêtit en la ruminant et se mit philosophiquement au lit.

VII

ELABERGE était la ponctualité même. A l'heure
convenue, en compagnie du garde général et
d'un forestier, il explorait le triage de Charbonnière que le conservateur de Chaumont pro-
posait d'affecter au cantonnement des usagers.
La fin de mai est la saison où les forêts de la montagne langroise se montrent dans leur gloire, et le temps
était à souhait pour la promenade. Un léger vent d'est
avait séché les chemins ; très haut parmi les jeunes feuillées, un ciel bleu souriait ; les marches des sentiers foisonnaient de fleurs et partout les oiseaux rossignolaient.
Delaberge, que ses fonctions sédentaires avaient si longtemps confiné à Paris et qui ne connaissait quasiment
plus d'autre verdure que celle des cartons de ses bureaux,
jouissait de cette fête du printemps en forêt comme on
jouit d'un vieil ami retrouvé. Il respirait avec délices la
fine odeur des aspérules mêlée à cette senteur aroma-
tique que répandent les merisiers à l'époque de la floraison.
son. En même temps, son humeur mélancolique de la
veille se dissipait.
Le matin, à l'heure du déjeuner, il avait derechef cons-
taté que Mᵐᵉ Micheline se dérobait prudemment chaque
fois qu'il entrait dans la cuisine. Cette réserve de son ancienne maîtresse, qui l'avait d'abord agacé, lui apparaissait à la réflexion comme le meilleur *modus vivendi* qu'on
pût souhaiter. Elle rendait sa situation plus nette, et le

soulagement qu'il en éprouvait le disposait mieux encore à savourer les joies de ce retour en forêt. Il avait un plaisir d'écolier à reconnaître les chemins parcourus autrefois. Etant doué d'une excellente mémoire locale, il mettait une sorte de gloriole à étonner le garde général en lui indiquant d'avance la nature du sol et la direction des tranchées.

En débouchant dans un carrefour, il s'écria allégrement : « Ah! voici la *Belle-Etoile*, et voici la table de pierre où je m'asseyais jadis en revenant de mes tournées!... Rien n'est changé, et pourtant il y a vingt-six ans de ça! »

A mesure qu'il s'enfonçait sous bois, il lui semblait que chaque pas l'allégeait d'une année et que sa jeunesse reverdissait avec la feuillée des hêtres. L'intervalle d'un quart de siècle disparaissait et ne comptait plus. — Mieux que tout autre milieu, la forêt possède une merveilleuse vertu de rajeunissement. La fuite du temps, les métamorphoses qu'elle produit, s'y marquent moins que partout ailleurs. Ce sont les mêmes arbres, les mêmes floraisons, les mêmes chansons d'oiseaux, et cela vous donne l'illusion d'une halte enchantée, d'une suspension dans le vol rapide des jours.

Pendant cette course à travers les bois de Charbonnière, Delaberge put facilement vérifier la justesse des objections de Mme Liénard. Le triage où l'on voulait cantonner les usagers du Val-Clavin n'était relié au village que par d'anciens chemins creusés de profondes ornières et parfois disparaissant sous l'envahissement du taillis. Des sources souterraines humectaient le sol spongieux, et, ne trouvant pas de pente, stagnaient en marécages où foisonnaient les cirses, les souchets et les eupatoires, toutes plantes fort pittoresques, mais impropres au pâturage.

La végétation se ressentait de la mauvaise qualité du sol : le taillis était rabougri ; çà et là de vieux chênes cagneux et tout rugueux de lichen tordaient leurs branches en partie veuves de feuillage. Il était évident que, par excès de zèle et de fiscalité, l'administration locale avait cherché à se débarrasser au profit des usagers d'un des plus mauvais cantons de la forêt. L'inspecteur

général fut obligé de constater que les propositions de
son camarade Voinchet étaient iniques et abusives. Il
n'en laissa naturellement rien paraître devant son subordonné ; mais, après avoir pris des notes, il dirigea l'ex-
ploration vers un triage qui occupait le versant opposé
du vallon et dépendait de la forêt de Montgérand.

Là, au contraire, le sol, ferme et frais à la fois, était
riche en humus. Les hêtres et les chênes poussaient drus
et sains, élevant haut dans l'air leur opulente frondaison.
Le taillis était varié d'essences et bien portant. Dans les
clairières et au long des tranchées, une herbe épaisse
et salubre offrait des pâtis plantureux. De plus, une belle
route forestière longeait la crête de la colline et descendait
en pente douce vers le Val-Clavin. — De toute façon la
désignation de ce triage était de nature à satisfaire aux
exigences des usagers sans nuire aux intérêts du Trésor,
et Delaberge en conclut que c'était de ce côté qu'il fallait
chercher un moyen de transaction.

Certainement, dans ce travail d'appréciation, il n'était
déterminé que par le désir de concilier le droit strict et
l'équité ; toutefois il ne put s'empêcher de penser que, si
ces propositions étaient acceptées par l'administration
centrale, il aurait un vif plaisir à en porter la nouvelle à
Mᵐᵉ Liénard. Cette réflexion réveilla l'agréable souvenir
de la veuve et de l'invitation qu'elle lui avait adressée en
le quittant.

Justement, à ce moment même, on entrait dans une
large tranchée, un profond couloir au bout duquel on
apercevait le faîte d'une tourelle coiffée d'un toit en étei-
gnoir.

— N'est-ce pas la Roselière qu'on voit là-bas ? demanda
Delaberge au brigadier.

— Oui, monsieur l'inspecteur général, la *tranche* où
nous sommes y mène tout droit...

La brusque apparition de la Roselière, à l'instant pré-
cis où il songeait à Mᵐᵉ Liénard, fut pour Delaberge doucement suggestive. Cette coïncidence le frappa et l'indui-
sit à modifier le plan de sa soirée. En quittant le *Soleil
d'Or*, il n'avait nullement l'idée de rendre ce jour-là
visite à Mᵐᵉ Liénard. Il ne comptait se présenter chez elle
qu'un peu plus tard, craignant qu'un empressement trop

marqué ne fût de mauvais goût. Mais le voisinage de la Roselière agit sur lui comme un aimant et modifia sensiblement ses résolutions.

Il jeta un rapide coup d'œil sur sa toilette : ses chaussures, à la vérité, étaient poudreuses, mais sa jaquette et son pantalon n'avait pas trop souffert de la promenade à travers bois et sa tenue, en somme, était correcte. D'ailleurs, il se rappelait que Mme Liénard n'était nullement façonnière et n'accordait qu'une médiocre importance à des questions de forme : cela le décida.

A un endroit où la tranchée se trouvait coupée par la route forestière qui descendait au Val-Clavin, il congédia ses deux compagnons et s'achemina seul vers la Roselière.

Au bout d'un quart d'heure, il atteignit l'orée du bois et vit devant lui le parc et les jardins de l'habitation.

Bien que dans le pays on lui conservât le nom de « château », la Roselière n'était qu'une confortable maison bourgeoise, bâtie à la fin du xviiie siècle et flanquée de deux tourelles au toit d'ardoise, qui lui donnaient seules un reste de physionomie seigneuriale. Le parc s'étendait des deux côtés de l'Aubette, qui contournait ensuite le corps du logis et alimentait de son eau verte les douves creusées au pied des terrasses du rez-de-chaussée. L'avenue de frênes dont Delaberge avait gardé le souvenir conduisait à une grille de fer forgé, puis se continuait au delà du pont de pierre jeté sur les douves.

Du versant où il s'était arrêté, l'inspecteur général distinguait les parterres, la façade principale tapissée de chèvrefeuilles et de rosiers grimpants, les charmilles du jardin dessiné à la française et les futaies du parc. Au delà des clôtures, dans l'espace libre laissé par le recul de la forêt, des prés à l'herbe drue, des seigles aux ondes mouvantes, des champs de sainfoin et de luzerne s'étalaient au soleil ; puis les bois recommençaient sur les flancs largement évasés de la combe et couronnaient de leur verdure moutonnante cette pacifique et riante solitude.

La maison aux fenêtres ouvertes, les jardins aux vives couleurs, les champs onduleux, étaient enveloppés d'une atmosphère de sécurité et de bien-être. L'ensemble avait une physionomie amène et hospitalière qui encouragea

Delaberge à persister dans sa résolution. Il lui semblait retrouver sur cette demeure le reflet de la personnalité avenante et cordiale de la propriétaire.

Quelques minutes après, il sonnait à la grille, demandait Mme Liénard, et traversait les terrasses, guidé par la jardinière, qui le remettait aux mains d'une accorte femme de chambre. Cette dernière l'introduisait dans un salon situé au rez-de-chaussée.

— Ah! Monsieur! comme c'est gentil d'avoir tenu votre promesse!

En même temps, avec sa vivacité prime-sautière, Mme Liénard, vêtue d'une robe de tussor au corsage en forme de blouse, où son buste se mouvait à l'aise, s'avançait vers l'inspecteur général et lui tendait gaîment la main.

Delaberge, s'inclinant, répondait de son mieux à l'étreinte de cette petite main brunie au soleil, puis s'excusait du négligé de sa toilette: « Une course en forêt l'avait amené à deux pas de la Roselière, et il s'en serait voulu de passer si près de Mme Liénard sans lui présenter ses hommages... » Comme il achevait son compliment, il aperçut au fond du salon un visiteur qui s'était levé en l'entendant annoncer et se disposait à prendre congé.

C'était un jeune homme de moyenne taille, à la tournure leste et robustement élégante. Très brun, avec une barbe châtaine légèrement frisante, il semblait un peu effarouché par l'apparition d'un étranger; mais ce mouvement de timidité n'avait rien de gauche, ni d'obséquieux. Debout derrière un fauteuil, son chapeau rond à la main, il attendait gravement que le nouveau venu eût cessé de parler, pour prendre congé de Mme Liénard. Au premier abord, sa physionomie sérieuse et méditative le faisait paraître plus âgé qu'il ne l'était réellement: mais quand on l'examinait avec plus d'attention, on remarquait dans ses yeux bleus un éclat de jeunesse et de passion en contradiction avec la précoce maturité de ses traits. Au moment où Delaberge se retourna vers lui, le jeune homme s'approcha et dit avec une certaine brusquerie:

— Au revoir, madame: il faut que je monte jusqu'à la forêt de Charbonnière.

— Mais vous repasserez par ici, s'écria Mme Liénard, je ne vous tiens pas quitte!... Monsieur, poursuivit-elle en s'adressant à l'inspecteur général, puisque vous avez bien voulu venir à la Roselière, permettez-moi de vous garder à dîner, sans cérémonie... Vous savez, à la campagne, on ne se visite qu'à table... D'ailleurs vous aurez un compagnon de route pour rentrer au Val-Clavin, car avant de s'en aller en forêt, M. Simon va me promettre de dîner avec nous... Bon! s'interrompit-elle en riant, je suis si étourdie que j'ai oublié de vous le présenter... M. Simon Princetot... M. Delaberge, inspecteur général des forêts...

Les deux hommes se saluèrent cérémonieusement. Delaberge, frappé par ce nom de Princetot, fixait curieusement son regard sur le jeune visiteur qu'on venait de lui présenter; mais celui-ci se dirigeait déjà vers la porte, tandis que, en le reconduisant la veuve répétait:

— C'est entendu, je compte sur vous!... Nous nous mettrons à table à sept heures!

Quand il eut disparu, Delaberge demanda:

— Est-ce que ce M. Princetot serait par hasard le fils de mon hôtelier du *Soleil d'Or?*

— Oui... Cela vous étonne?... Il n'a point paternisé, heureusement!... C'est un brave cœur et un esprit distingué. Il adore son village, et, bien que ses parents soient riches, il n'a pas voulu devenir un monsieur... Après avoir fait d'excellentes études agricoles, il est rentré au pays, et en matière forestière, ne vous en déplaise, il rendrait des points à votre garde général du Val-Clavin.

Francisque se mit à rire:

— Gageons, madame, que c'est lui qui vous conseille dans l'instance du cantonnement!

— Vous avez deviné juste... Lorsque M. Simon, il y a deux ans, est revenu de Cluny, il a offert aux usagers de prendre gratuitement leur affaire en main, et nous lui avons tous donné pleins pouvoirs... C'est ainsi que je me suis trouvée en rapports avec lui. Il m'intéresse. Si ma situation ne m'obligeait pas à une grande réserve, j'aurais plaisir à le recevoir plus souvent; mais lui-même agit fort discrètement et ne vient ici que pour parler d'affaires... Je suis enchantée, monsieur, que vous ayez été assez aimable pour accepter mon invitation: cela m'a permis de retenir M. Simon à dîner...

Delaberge, en son par-dedans, se disait qu'il eût préféré dîner en tête-à-tête avec la veuve. Celle-ci, cependant, ouvrait la porte-fenêtre et montrant le jardin à son hôte :

— Vous n'échapperez pas au tour du propriétaire !... Mais auparavant il faut que vous m'excusiez pour quelques minutes...

Elle sonna, donna de rapides instructions à sa femme de chambre, coiffa un grand chapeau de paille, puis vint rejoindre l'inspecteur général sur la terrasse.

— N'est-ce pas? reprit-elle, la Roselière s'est embellie depuis que vous n'y êtes venu? du temps de feu mon grand-oncle, c'était une grenouillère; l'Aubette inondait les parties basses, les arbres empiétaient sur les pelouses... J'ai donné de l'air à ce fouillis et j'en ai fait ce que vous allez voir...

VIII

LLÈGRE et enjouée, elle entraînait son hôte à travers les allées, lui montrant ses collections de glaïeuls, expliquait la façon dont elle avait drainé le sol et endigué l'Aubette qui serpentait maintenant entre des berges plantées d'iris et de bambous. Il l'écoutait jaser comme une fauvette des roseaux et admirait son esprit à la fois pratique et imaginatif. Tout en le promenant dans le parc, elle passait sans transition d'un sujet à un autre, avec la grâce capricieuse d'un papillon qui vole et se pose à sa fantaisie. Tantôt elle dissertait doctement sur l'acclimatation du pin *sapo*; tantôt elle hasardait de timides

allusions à l'affaire du cantonnement ; puis, devenant
plus communicative, elle contait ingénument son his-
toire et celle de son premier mari, ses luttes pour arriver
à transformer la Roselière, ses projets de futurs embellis-
sements. Delaberge, flatté de la confiance qu'elle lui
témoignait, la trouvait de plus en plus charmante. Tout
à coup elle s'arrêta :

— Je suis sûre que mon bavardage vous ennuie, monsieur !

— Vous vous trompez, madame, répondit-il avec animation, tout ce que vous me dites m'intéresse vivement...
En me parlant de vous et de vos occupations, en m'ini-
tiant à votre vie, vous me donnez une marque de confiance dont je suis très touché.

Et en effet, il était touché, plus qu'il ne le croyait,
l'inspecteur général !

Ce caractère prime-sautier et franc, ce cœur de jeune
femme qui s'ouvrait avec tant de bonne foi, ces limpides
yeux bruns qui souriaient, cette causerie intime au fond
du jardin plein de fleurs, avec l'accompagnement du sifflet des merles et du roucoulement des ramiers, tout cela
le grisait comme un vin nouveau. Et ce vin-là, quand on
a la cinquantaine, vous monte d'autant plus vite à la tête
qu'on n'y est plus habitué.

Pour ce fonctionnaire qui avait si longtemps vécu sagement avec ses dossiers, ces confidences féminines, mur-
murées par une jolie voix éclairée par la vivacité lumi-
neuse de deux jeunes yeux, étaient plus périlleuses que
pour tout autre.

— Oui, reprit-il d'un ton pénétré, bien que nous nous
connaissions seulement depuis quelques jours, vous me
parlez comme à un vieil ami, et je vous en suis profondément reconnaissant.

Une rapide rougeur monta aux joues de Mme Liénard.

— Mon Dieu, dit-elle, je suis peut-être trop expansive... C'est mon défaut... Mais dès les premiers mots
que nous avons échangés chez Mme Voinchet, je me suis
trouvée à l'aise avec vous. Expliquez-moi pourquoi certaines personnes nous attirent et nous rendent immédiatement communicatifs ?... Au premier abord, vous parais-
siez très grave et très renfermé, et pourtant, moi qui suis

une sauvage, je me suis sentie intimidée. Il y avait dans
votre regard quelque chose qui me rassurait et m'encou-
rageait. Je me disais : Voilà un homme droit, loyal et
sérieux ; je puis me fier à lui...

— Presque autant qu'à M. Simon Princetot! interrompit plaisamment Delaberge.

— Vous croyez rire!... Eh bien, M. Simon vous ressemble au moral et même un peu au physique... Ne
trouvez-vous pas ?

— Je ne l'ai pas vu assez longtemps pour constater la
ressemblance...

Ils contournaient les allées du parc, et, comme le chemin devenait plus accidenté, il crut devoir courtoisement
offrir son bras à Mᵐᵉ Liénard. Elle l'accepta sans façon et
le garda jusqu'au moment où la cloche du dîner les
ramena vers la terrasse, où ils trouvèrent Simon Princetot qui les attendait.

En voyant la jeune femme au bras de Delaberge attentif et souriant, Simon sembla impressionné désagréablement. Son visage se rembrunit, et ce fut avec une froide
raideur qu'il salua de nouveau l'inspecteur général. On
passa dans la salle à manger et on s'attabla.

Au début, il y eut une certaine gêne réfrigérante. Les
deux hommes s'observaient sans s'adresser la parole;
mais ce n'était point l'affaire de Mᵐᵉ Liénard, qui dési-
rait au contraire servir de trait d'union entre ses deux
convives. Elle s'efforça de mettre Simon sur un terrain
qui lui était familier. Elle loua son amour pour les choses
de la campagne, le questionna sur des études de sylviculture, sur ses projets d'avenir... Le jeune homme répondait simplement et sobrement. Lorsqu'il parlait éco-
nomie rurale ou forestière, on sentait qu'il connaissait
son sujet à fond. Parfois, dans la conversation, il lui arrivait d'effleurer des questions scientifiques ou sociales, et
sa façon de les discuter dénotait une culture solide et
variée. Tout en le contredisant et en poussant des objections embarrassantes, Delaberge était surpris de la net-
teté et de la justesse de ses répliques : Mᵐᵉ Liénard ne
l'avait pas surfait. Chaleur de cœur, sûreté de jugement,
générosité, on devinait tout cela en l'entendant causer.
Chez un garçon né et élevé au fond d'une auberge de vil-

lage, cet affinement de l'esprit et des manières était
étonnant.

A mesure qu'il développait ses idées, fréquemment
opposées à celles de l'inspecteur général, celui-ci étudiait
la physionomie de son adversaire et cherchait vainement
à retrouver quelque ressemblance avec le couple Princetot. De fait, le jeune homme n'avait ni paternisé ni même
maternisé. Il n'avait dans les yeux ni la somnolente rou-
blardise du Prince, ni la langueur indolente de sa mère.
Seuls, ses cheveux châtains, épais et légèrement frisot-
tants, rappelaient l'opulente chevelure crépelée de Mme Micheline. Son ton était un peu brusque et âpre. Cette
âpreté de pomme sauvage ne s'adoucissait que lorsqu'il
répondait aux questions de Mme Liénard. Pour elle, sa
voix prenait soudain des intonations affables et presque
tendres.

Avec un mélange d'intérêt, d'envie et de regret, Delaberge contemplait ce garçon solide, bien découplé, au
regard profond et franc, aux manières simples et aisées,
et ne pouvait s'empêcher de songer : « Voilà un fils
comme il m'en aurait fallu un ! » Puis, ramené sur la
pente de ses rêves matrimoniaux, il ajoutait intérieure-
ment : « Après tout, je suis encore en age d'avoir des
enfants, tout espoir n'est pas perdu ; il ne manque que
la femme, et j'en sais une non loin d'ici, que j'épouse-
rais volontiers... »

Ses yeux se dirigeaient avec plus de complaisance
vers Mme Liénard. Il se disait que la veuve courait sur
ses vingt-sept ans, qu'elle unissait à un esprit charmant
un cœur honnête, beaucoup de jugement et de sensibilité ;
qu'elle serait à la fois une excellente ménagère et une
compagne très désirable. Et comme s'il continuait tout
haut cette conversation intérieure, il se penchait avec
attendrissement vers sa voisine, lui prodiguait de me-
nues attentions, tournait en son honneur des compliments fleuris dont la forme un peu surannée révélait
qu'ils n'avaient pas servi depuis le temps de sa jeunesse.

Dans son empressement, il ne s'apercevait pas que ces
galantes prévenances mettaient une humeur chagrine
dans les yeux de Simon Princetot et assombrissaient son
humeur.

On se leva de table et on passa sur la terrasse au moment où le soleil disparaissait derrière les bois de Montgérant. Mme Liénard se fit apporter une cafetière russe et prépara elle-même le café. Lorsqu'elle offrit le sucrier à l'inspecteur général, celui-ci la remercia, déclarant qu'il buvait son café sans sucre.

— Tiens ! dit étourdiment la veuve, c'est comme M. Simon !...

Cette similitude de goûts avec un garçon qui, pendant tout le dîner, lui avait marqué plus d'hostilité que de sympathie, laissa Delaberge fort indifférent. Il en voulait à Simon de son attitude combative et méfiante. On devisa quelque temps encore sur la terrasse, où, dans le crépuscule, les chèvrefeuilles répandaient leur odeur vanillée ; puis, la nuit étant tout à fait venue et le croissant de la lune se montrant au-dessus des bois, Delaberge se leva pour prendre congé, et Simon Princetot l'imita.

— Bonsoir, messieurs ! dit Mme Liénard, vous ferez route ensemble... Monsieur Delaberge, puisque vous restez encore une semaine au Val-Clavin j'espère que vous n'oublierez pas le chemin de la Roselière !

Une fois hors de la grille, les deux hommes marchèrent sous la voûte des frênes sans s'adresser la parole. La même gêne qui avait glacé le commencement du dîner semblait de nouveau les rendre taciturnes. Tous deux étant par tempérament fort peu communicatifs, cette froideur menaçait de s'éterniser, quand Delaberge, agacé, se décida à rompre le silence.

— Monsieur Princetot, dit-il, je sais que vous êtes l'adversaire de l'administration que je représente, mais puisque je loge chez votre père et puisque nous venons de rompre le pain ensemble, je ne vois pas pourquoi nous nous traiterions personnellement en ennemis. Pour ma part, soyez-en persuadé, j'apporterai dans l'accomplissement de ma mission, l'esprit le plus conciliant, et si vos réclamations me paraissent fondées...

— Elles le sont, monsieur, interrompit Simon sans se départir de sa raideur; seules les personnes étrangères au pays et à ses besoins peuvent les méconnaître.

— Permettez, je ne suis pas aussi étranger au pays que

vous paraissez le croire... Je l'ai habité avant que vous
fussiez au monde... Quel âge avez-vous ?

— Vingt-cinq ans, bientôt.

— Eh bien, moi, à vingt-quatre ans, j'étais au Val-
Clavin en qualité de garde général... Il n'est pas un canton de vos bois que je n'aie visité et dont je ne connaisse
les ressources.

— En ce cas, monsieur, si vous êtes juste, vous chan-
gerez votre projet de cantonnement... Les propositions de
l'administration sont inadmissibles ; elles lèsent nos intérêts et nous ruinent.

— Vos intérêts sont respectables, mais nos bois aussi
ont droit à quelques égards... Nous sommes chargés de les
conserver, et si vous étiez comme moi un vieux forestier...

— Sans être forestier par état, s'exclama Simon, on
peut avoir de l'amour pour les forêts ! Vous autres, vous
les chérissez pour l'argent qu'elles rapportent au Trésor ;
nous, nous les aimons pour elles-mêmes.

— Vous aimez les arbres ? demanda Delaberge redevenu
affable.

— Si je les aime !... répliqua le jeune homme en s'animant ; je les aime comme des amis avec lesquels on a
grandi, comme mon pays dont ils sont la beauté ! Songez
donc que je suis presque né dans les bois et que depuis
ma petite enfance j'ai vécu au milieu d'eux !... Un bel
arbre, tenez, comme celui-ci...

Impétueusement il s'élançait vers un des hêtres de bordure et enlaçait avec passion le tronc lisse, argenté et
puissant.

— Un hêtre sain et vigoureux, reprit-il, mais c'est
pour moi comme une personne, comme un frère, et il me
prend des envies de l'embrasser !

Delaberge, ravi de cet enthousiasme qui jaillissait
brusquement comme une eau vive, regardait avec émotion ce svelte garçon de vingt-cinq ans, dont les yeux
brillaient au clair de lune. Le hêtre et lui semblaient, en
effet, de même essence : tous deux avaient une verdeur
semblable ; tous deux, robustes et énergiques, s'élançaient
vers la vie.

— Allons, dit-il en souriant, voilà au moins un point
sur lequel nous nous entendrons... Sur le terrain juri-

dique nous nous battrons à armes courtoises; mais
jusque-là concluons une trève... Voulez-vous?

Il tendait la main au jeune homme. Celui-ci, après un
moment de surprise ou d'hésitation, avança la sienne et
Delaberge la serra amicalement; puis ils continuèrent

M⁰ᵉ Liénard, s'avançait vers l'inspecteur général
et lui tendait gaiment la main. (Page 40.)

leur route en devisant pacifiquement du reboisement des
montagnes. Ils ne se séparèrent que dans la cuisine du
Soleil d'Or où la servante, affalée sur une table, les attendait en somnolant.

Delaberge remonta dans la chambre rouge, mais les
incidents de la soirée l'avaient surexcité et il ne se sentait pas en humeur de dormir. Il ouvrit celle de ses
fenêtres qui donnait sur le jardin.

A l'autre extrémité de la façade, il vit une baie de croisée s'éclairer et reconnut son ancienne chambre, maintenant occupée par Simon Princetot. Peu après il aperçut le jeune homme accoudé à la barre d'appui et

— Bonsoir, messieurs! dit Mme Liénard. (Page 46.)

rèvant en face de la campagne ensommeillée. Sans pouvoir détacher ses yeux de cette vague silhouette, l'inspecteur général se laissait doucement glisser dans l'eau profonde du souvenir. En écoutant les nocturnes rumeurs des champs et des bois, il perdait peu à peu la notion des jours et des années.

Le susurrement de la rivière, la note mélancolique
des crapauds sous les poutrelles du pont, le lointain rou-
lement d'une voiture attardée, tous ces bruits résonnaient
mystérieusement et le berçaient avec une musique pareille à celle d'autrefois.

Et lentement halluciné, il lui semblait se revoir à
vingt-cinq ans, penché à cette même embrasure de croisée, en pleine sève, en pleine floraison de jeunesse...

IX

ELABERGE passa la matinée suivante à rédiger un
rapport dans lequel il exposait à l'administration centrale le résultat de sa visite au triage
de Charbonnière. Après avoir fourni ses appré-
ciations au sujet du cantonnement proposé, il
démontrait la nécessité d'avoir égard aux légitimes objections des usagers, formulait un contre-projet avec plan à
l'appui et demandait une prompte réponse, afin qu'à la
prochaine réunion des représentants de la commune il
pût indiquer les bases d'un arrangement.

Il travaillait avec entrain, sous l'impression toute fraîche
des incidents de la veille. A son insu, la souriante image
de Mme Liénard et la sympathique personnalité de Simon
Princetot exerçaient une subtile influence sur ses déter-
minations. Son argumentation était plus serrée, plus
chaleureuse; ses conclusions avaient une éloquence
qu'on ne trouve guère habituellement dans les rapports
administratifs et dont Delaberge lui-même n'était pas coutumier.

Par les fenêtres ouvertes, la claire gaieté de la matinée, la sonorité réveillante des rumeurs rustiques, entraient dans la chambre rouge, et leur allégresse gagnait le cœur et l'esprit du rédacteur. Comme il en était aux dernières lignes du rapport, son attention fut distraite par un remue-ménage assez bruyant qui se produisait au seuil de l'auberge. Un cheval piaffait et s'ébrouait; une voix virile cherchait à calmer son impatience par des interjections caressantes :

— Ho!... la, la!... Doucement, Brunet!...

Puis cette même voix s'écriait :

— Allons, papa, dépêche-toi, nous serons en retard!

Delaberge s'approcha de la fenêtre et vit devant le perron une charrette anglaise attelée d'un petit cheval bai très vif, près duquel se tenait Simon Princetot. Au même moment, le Prince, lent et majestueux, parut sur le seuil en compagnie de Mme Micheline.

L'hôte du *Soleil d'Or*, rasé de frais, avait passé une blouse par-dessus son complet de gros drap, et coiffé un chapeau mou aux larges ailes. Il monta lourdement dans la charrette où Simon, les rênes en main, vint le rejoindre. Tandis que Mme Princetot leur adressait de prolixes recommandations, le Prince souriait, clignait des yeux malins et passait amicalement sa main rouge sur l'épaule de Simon. Il tapotait doucement le dos de son fils et le regardait avec une admiration béate.

— Sois tranquille, la mère, on te le soignera ton garçon!... répondait-il à sa femme, et, tu sais, si nous ne rentrons qu'à la nuit, ne te fais pas de mauvais sang.

En même temps, le fils envoyait à Mme Micheline un baiser et ajoutait :

— A ce soir, maman, je te réponds de papa!

Du bout du fouet, il chatouillait le cou du cheval, et la bête prenait immédiatement le grand trot dans la direction de Recey.

Mme Micheline, une main en abat-jour, les suivait de l'œil jusqu'au tournant de la route, puis rentrait solitairement dans sa cuisine.

Delaberge avait tout observé du haut de sa croisée.

— Ces gens-là sont heureux et ils s'aiment! songeait-il; ce gros Princetot si positif, si enfoncé dans la matière, a

une touchante tendresse amicale pour ce fils unique dont
il est fier; Micheline, en dépit de son détachement de
dévote, dévore des yeux son garçon; et Simon a pour ces
deux êtres une affection qui l'aveugle sur leurs défauts.
De quel regard bon enfant il payait tout à l'heure les
caresses balourdes de son père, et comme, pour rassurer
sa mère, sa voix trouvait des inflexions gaiement câlines!
Décidément ce Simon n'est pas seulement une intelligence d'élite; il a le cœur bien placé...

L'inspecteur général s'émerveillait en constatant que
ce garçon, si supérieur comme aspirations et comme culture aux gens de sa famille, n'avait pas ce sot respect
humain qui pousse certains fils de bourgeois enrichis à
rougir des ridicules de leurs parents. Au contraire, avec
de délicates prévenances, avec bonne humeur, il s'efforçait de combler le fossé qui le séparait d'eux, et ainsi tous
trois vivaient de plain-pied et en harmonie. Il fallait qu'il
y eût dans la vie de famille une vertu et des grâces particulières pour lier aussi intimement des êtres si dissem-
blables d'éducation et de goûts. L'Ecriture avait raison
de dire : *Væ soli!* Le célibataire ignorait ces fusions
d'âmes, ces élans de cœur du père vers le fils, de l'enfant
vers son père; ces sacrifices, ces sollicitudes qui donnent
seuls, en somme, un prix et un intérêt véritables à l'existence...

Tout en méditant là-dessus, Delaberge, revenu à sa
table, relisait son rapport, jetait un dernier coup d'œil
sur les annotations du plan et mettait le tout sous enveloppe.

Il alla lui-même porter son courrier à la poste, puis,
quand il l'eut déposé entre les mains de la receveuse, regagna lentement l'hôtel. Comme il atteignait le couloir
du premier étage, il entendit du bruit dans sa chambre
dont la porte était restée entre-bâillée. Intrigué, il la
poussa brusquement... et aperçut Micheline Princetot
occupée à épousseter les meubles.

Elle l'avait cru sans doute absent pour quelques heures
et, profitant de cette sortie, elle était venue jeter le coup
d'œil du maître sur l'arrangement et le nettoyage de la
chambre rouge. La soudaine apparition de Delaberge lui

causa un saisissement tel qu'elle laissa choir son plu-
meau et devint blafarde.

— Ne vous dérangez pas, madame Princetot! dit-il en
refermant la porte derrière lui.

Ce tête-à-tête qu'il n'avait pas cherché l'embarrassait
un peu; mais il réfléchissait qu'après tout la rencontre
était presque inévitable, et que, si une explication devait
avoir lieu, il était préférable de profiter pour cela de l'absence du Prince et de son fils.

— Pardon, monsieur Delaberge, répondit l'hôtesse
d'une voix mal assurée, je vous croyais parti en forêt,
sans quoi je ne me serais pas permis...

Il remarqua sa pâleur, ses lèvres crispées, son effroi.
Elle balbutiait et restait appuyée au manteau de la cheminée, sans oser lever les yeux. Il eut pitié de son
trouble.

— Vous n'avez pas besoin d'excuses, chère madame,
reprit-il de son ton le plus affable; je suis bien aise, au
contraire, de vous trouver ici, car, depuis mon arrivée,
j'ai à peine eu l'occasion de vous entrevoir... Je voulais
justement vous faire tous mes compliments au sujet de
votre fils avec lequel j'ai eu le plaisir de lier connaissance
hier soir...

— Ah!... vous l'avez vu? murmura faiblement Micheline.

Une peur anxieuse altéra plus encore ses traits, comme
si le seul fait de cette rencontre eût été un désastre,
comme si elle y eût vu le présage de quelque calamité
imminente. Ses deux mains qu'elle tenait croisées sous
les manches larges de son casaquin se séparèrent et, avec
un geste las, ses bras tombèrent le long de son corps.

Son exclamation peureuse, son attitude effarée éton-
nèrent l'inspecteur général. Ses lèvres aux coins infléchis
exprimaient un absolu découragement. Elle avait l'air
consterné de quelqu'un qui voit tous ses efforts paralysés
par la malchance. Delaberge ne comprenait pas comment
la seule annonce de son entrevue avec Simon pouvait
produire un tel désarroi. Il supposa que Mme Princetot
s'alarmait sans doute à cause de l'hostilité bien connue de
son fils à l'égard de l'administration forestière, et redou-

tait quelque désagréable conflit. Afin de la rassurer, il
ajouta :

— Oui, j'ai passé la soirée avec votre fils, à la Roselière...

Un soupir douloureux s'échappa des lèvres de Micheline et redoubla la surprise de son interlocuteur. Il
s'arrêta un moment, puis reprit :

— Nous sommes revenus ensemble au Val-Clavin et,
pendant cette promenade, j'ai pu reconnaître que Mme Liénard ne m'avait pas exagéré les brillantes qualités de
M. Simon. C'est un garçon d'esprit et un brave cœur.
Bien qu'il soit l'adversaire de mon administration, j'espère
que nous deviendrons bons amis... Je suis heureux d'avoir
fait sa connaissance.

Cette déclaration, loin d'apaiser Mme Princetot, parut
accroître son émoi. Ses deux mains s'étaient rejointes sur
son tablier et se tordaient nerveusement. En même temps,
Delaberge crut distinguer des larmes sous ses paupières
voilées.

— Qu'avez-vous ? continua-t-il, on dirait que mes paroles vous chagrinent... Je serais désolé de vous faire de
la peine involontairement...

Il s'était rapproché de son hôtesse et, avec une voix
plus affectueuse :

— Voyons, Micheline, murmura-t-il doucement, pourquoi manquez-vous de confiance en moi ?... Je ne suis
pas pour vous un étranger... Souvenez-vous qu'autrefois...

Il voulut lui prendre amicalement les mains, mais elle
le repoussa avec le geste indigné d'une dévote qu'on
essayerait d'induire en tentation

— Taisez-vous ! supplia-t-elle, ça me fait honte d'entendre reparler de ce temps-là !

— Pourquoi n'en pas reparler ? répliqua-t-il, choqué
par cette exagération de pudibonderie ; maintenant que
l'âge nous a mûris, ma chère dame, cela est sans danger...
Et d'ailleurs, si jadis nous avons eu le tort d'être trop
jeunes, c'est un péché qui est bien effacé aujourd'hui !

Elle cachait sa figure dans ses mains ; volontiers elle
eût bouché ses oreilles.

— Taisez-vous ! répétait-elle, ah ! mon Dieu, pourquoi êtes-vous revenu?

— Je ne m'imaginais pas, répondit-il impatienté, que ma présence vous fût à ce point déplaisante... Vous ne me faites pas l'injure de douter de ma discrétion, je suppose?... Rassurez-vous donc, tout cela est resté et restera entre nous.

Micheline se laissa choir sur une chaise et gémit de sa voix dolente :

— Ça n'empêchera pas les méchantes gens de jaser en vous revoyant par chez-nous !

Et alors le chagrin la rendant plus expansive, elle commença de sourdes lamentations :

Assurément, elle ne doutait pas de l'honnêteté de M. Delaberge; mais, pas moins, son arrivée au *Soleil d'Or* avait réveillé la malignité des envieux qui jalousaient le Prince, parce qu'il avait réussi. On allait clabauder et remuer de vilaines histoires. Elle avait pourtant assez pleuré dans le temps pour laver ses péchés! Elle avait usé ses genoux à l'église, brûlé des cierges, accompli de dures pénitences. Elle croyait bien le secret de ses fautes enterré dans le confessionnal de M. le curé. Petit à petit les mauvaises langues s'étaient lassées et on l'avait laissée tranquille. Elle commençait à respirer, elle vivait heureuse entre le Prince et son fils, espérant que tout était fini, quand Delaberge était tombé chez eux comme la foudre... Ah ! oui, un vrai coup de tonnerre... Quand elle l'avait vu au milieu de sa cuisine, son sang n'avait fait qu'un tour et elle avait failli se trouver mal... Depuis, elle ne dormait plus, elle vivait dans les transes et sentait un malheur suspendu au-dessus de sa maison...

X

ELABERGE écoutait avec ennui ces loquaces jéré-
miades. Il compatissait médiocrement à la dou-
leur de cette femme que la crainte du qu'en-
dira-t-on tourmentait plus que le remords. Il
estimait ses terreurs disproportionnées avec la
faute commise. Vingt-six ans avaient passé sur ces peccadilles de jeunesse. Mᵐᵉ Princetot, en se réfugiant dans le
giron de l'Eglise, devait se croire depuis longtemps
absoute. Tout cela était couvert par la prescription.
M. Princetot, qui ne s'était douté de rien quand l'infidélité était patente, serait encore plus rebelle aux soupçons,
aujourd'hui que l'hôtesse du *Soleil d'Or* faisait l'édification
de la paroisse. Dans l'esprit de l'inspecteur général, tout
cela paraissait de l'enfantillage.

Néanmoins cette scène de larmes devenait pénible.
L'opulente poitrine de Mᵐᵉ Princetot était secouée par
des sanglots, et ses lèvres charnues s'agitaient convulsivement.

Ayant déchaîné cet orage, Delabergé se sentit tenu en
conscience de l'apaiser.

— Ma chère dame, dit-il, vous vous mettez martel en
tête pour des chimères... Calmez-vous... Fiez-vous à mon
amitié et à ma délicatesse. J'agirai de façon que votre

tranquillité ne soit pas troublée... Je vous promets d'abréger autant que possible mon séjour au Val-Clavin.

Micheline, pour la première fois, leva vers lui ses grands yeux mouillés, auxquels les larmes avaient rendu un peu de leur brillant et de leur langueur sensuelle :

— Oui, s'écria-t-elle en joignant les mains, partez... Partez le plus tôt que vous pourrez, je vous en prie !

Il admirait avec quelle naïveté égoïste cette femme qu'il avait jadis tendrement tenue dans ses bras lui signifiait son congé, et combien il lui tardait d'être débarrassée de son ancien amoureux.

— Mon départ, répliqua-t-il sarcastiquement, dépendra beaucoup des dispositions de votre fils dans l'affaire du cantonnement.

Elle fronça les sourcils et hocha la tête.

— Ah ! geignit-elle, cette malheureuse affaire, pourquoi s'en est-il mêlé ? C'est d'elle que viennent tous nos maux, et nous ne sommes pas au bout !

— Patience ! Tout s'arrangera... Je verrai M. Simon, et s'il est raisonnable...

Elle l'interrompit avec un singulier emportement :

— Non, ne le revoyez pas ! Il ne vous a déjà que trop vu !...

Il la regardait avec stupéfaction, se demandant si elle ne perdait pas la tête :

— Je ne vous comprends pas... que voulez-vous dire ?

— Rien, rien !...

Elle s'efforçait de reprendre son impassibilité de figure de cire et continuait :

— Laissez-moi causer avec Simon, cela vaudra mieux pour moi et pour vous... Promettez-moi seulement de partir dès que les choses se sont arrangées.

— Je vous le promets.

— Merci, monsieur Delaberge !

Elle se leva de l'air contrit d'une femme qui sort du confessionnal. Mais comme, avant de partir, elle jetait un furtif coup d'œil vers la glace, elle remarqua ses yeux rouges, son bonnet de linge rejeté en arrière et découvrant ses cheveux gris. Alors une réflexion prudente lui démontrant sans doute le danger de laisser voir au dehors les traces de son émotion, elle se dirigea vers la table de toilette, mouilla une serviette blanche, bassina ses paupières gonflées et rajusta sous le bonnet ses épais cheveux crêpelés.

La façon dont elle s'y prenait pour réparer le désordre de sa coiffure rappela tout d'un coup à Delaberge le temps lointain de leurs rendez-vous, alors qu'elle usait des mêmes artifices, des mêmes minutieuses précautions pour lisser sa chevelure ébouriffée et baigner d'eau fraîche ses yeux battus. Cette soudaine résurrection du passé, évoquée par la répétition d'un geste familier, fit plus pour toucher l'inspecteur général que les lamentations de son hôtesse. Il oublia la quinquagénaire à la figure empâtée et aux paupières alourdies, et ne revit plus que la souple et enjôleuse Micheline se glissant au soir dans sa chambre comme une chatte voluptueuse. En somme, dans sa laborieuse et continente carrière de fonctionnaire, l'amour de cette femme avait été le seul rayon de soleil de sa jeunesse, la coupe de plaisir qu'il eût savourée. Son cœur s'amollit; obéissant à un moment de sensibilité, il attira Micheline à lui et voulut lui donner un témoignage de reconnaissante tendresse en l'embrassant. Mais elle se débattit, le repoussa presque avec colère, et sortit précipitamment.

Mortifié, inquiet, agacé, il résolut de prendre l'air afin de secouer cette pénible impression. Quittant la chambre rouge à son tour, il s'éloigna de l'hôtel et remonta le cours de l'Aubette, en suivant une gorge étroite où le ruisseau court sous un fouillis d'arbres avant de se jeter dans l'étang du Val-Clavin.

L'endroit était solitaire, couvert de saulaies, d'aunelles et de sorbiers qui avaient poussé rapidement dans les terres d'alluvion. Au-dessus de l'eau qui glougloutait invisible, des clématites et des chèvrefeuilles sauvages s'enchevêtraient follement. Des trembles frissonnants, des bouquets de charmes rameux et de larges retombées de hêtres faisaient régner une obscurité crépusculaire dans ce couloir où Delaberge promenait jadis ses rêves de jeunesse.

Là aussi, le temps avait opéré son œuvre de transformation. Les arbrisseaux étaient devenus des arbres. Des branches mortes brisées par les bourrasques, des blocs de pierre détachés des parois rocheuses par les gelées, obstruaient le sentier. Ces débris semblaient l'image du peu de durée des choses et de l'écroulement des années. De nouveau, en cette gorge ténébreuse, pleine de craquements sourds, l'inspecteur général éprouva cette sensation de malaise, cette inquiétude, qui l'avaient saisi après le départ de Mᵐᵉ Micheline.

A mesure qu'il se remémorait les détails de leur entretien, il trouvait plus étranges les paroles et l'attitude de son hôtesse.

Pourquoi cette hâte de le voir partir? En admettant que sa présence eût réveillé dans quelques esprits malveillants les médisances d'autrefois, Mᵐᵉ Princetot était trop fine et trop expérimentée pour n'avoir pas pris ses précautions et préparé ses moyens de défense. D'ailleurs le bonhomme Princetot avait trop longtemps fait la sourde oreille pour s'émouvoir maintenant.

Brusquement une lueur traversa le cerveau de Francisque. Le Prince n'était peut-être pas le seul à qui Micheline désirât cacher ses fautes de jeunesse?... La sympathique figure de Simon se dressa subitement devant les yeux de l'inspecteur général. Mᵐᵉ Princetot devait évidemment tenir à ce que son fils ignorât sa conduite coupable, et c'était avant tout pour lui qu'elle s'alarmait.

Comment Delaberge n'avait-il pas pensé à cela plus tôt? Maintenant une tendre pitié le saisissait en songeant au coup de poignard qu'une pareille révélation pouvait porter à ce jeune et loyal cœur si imprégné d'amour filial... Pour la première fois, il comprenait de quel poids les anciennes fautes que nous croyons vénielles pèsent plus tard sur nos destinées. Ces amourettes que nous traitons si légèrement au temps de notre jeunesse laissent des semences éparses qui peuvent, dans l'âge mûr, devenir autant de plantes envahissantes et meurtrières.

Il frissonna en pressentant dans l'ombre le vol de cette mystérieuse Némésis qui reporte à nos lèvres la coupe que nous avons nous-mêmes empoisonnée.

Il avait conscience que déjà cette fatale loi du talion était en train de se vérifier pour lui. L'opération du cantonnement le ramenant dans ce Val-Clavin qu'il pensait ne jamais revoir ; l'auberge du *Soleil d'Or* où il se trouvait face à face avec ses anciens hôtes, et où son arrivée réveillait comme autant de vipères assoupies les médisances d'autrefois ; sa rencontre enfin avec le fils de son ancienne maîtresse, avec ce Simon dont il risquait de troubler le repos et de gâter à jamais la vie ; — n'étaient-ce pas autant de signes avant-coureurs de quelque fâcheuse disgrâce ?

Sa loyauté, sa générosité, se révoltèrent. Il fallait à tout prix empêcher que le châtiment (si châtiment il y avait) ne frappât par ricochet une tête innocente. Car enfin il n'était pas juste que Simon payât pour les fautes commises par sa mère et par un étranger, pour une faiblesse qui n'avait pas laissé de trace !...

Delaberge n'était pas un grand casuiste. Pendant le cours de sa carrière administrative, la nature de ses occupations l'avait plutôt porté à s'intéresser aux phénomènes extérieurs qu'à s'étudier lui-même. Il est peu enclin à scruter à fond sa conscience et à en peser rigoureusement les scrupules. Toutefois l'état d'anxiété où il se trouvait depuis son entrevue avec Mme Princetot le prédisposait à pénétrer plus avant dans cette obscure région de l'âme, où nos plus secrètes pensées demeurent blotties comme des insectes peureux dans l'eau trouble d'une mare.

Dès qu'on agite ces équivoques profondeurs, on est tout effrayé d'en voir émerger un monde étrange d'appréhensions mystérieuses, de remords confus et de doutes non encore pressentis. A mesure que l'inspecteur général descendait en lui-même, une lumière soudaine éclairait les replis ténébreux de son âme et il entrevoyait la possibilité de certaines hypothèses auxquelles il n'avait jusqu'alors accordé aucune attention.

Tout à l'heure il lui avait semblé inique que Simon supportât les conséquences d'une faute commise par un étranger, d'un péché de jeunesse qui n'avait laissé aucune trace ; et maintenant sa conscience devenue plus timorée

et plus scrupuleuse se posait de nouvelles et troublantes
interrogations : un étranger ?... Aucune trace ?... En
était-il bien sûr ?...

Il tressaillit, la respiration lui manqua comme s'il eût
reçu un formidable choc. Puis, secouant la tête pour

— Oui, s'écria-t-elle en joignant les mains,
partez... (Page 57.)

chasser la pensée qui venait de lui donner une si violente
commotion, il se remit à marcher.

— Non, ce n'était pas possible... Il l'aurait su... Micheline, après leur séparation, ne lui eût pas laissé ignorer
pareille chose !...

Un moment ces réflexions décousues semblèrent le rassurer, puis son cœur se mit à battre et sa tête à travailler.

— D'où venait cette attitude inexplicable de Mme Princetot ? Ces façons ambiguës et inquiétantes ? Pourquoi lui
avait-elle défendu de revoir Simon ? Pourquoi s'était-elle
écriée avec un étrange égarement : « Il ne vous a déjà que
trop vu !... »

Tandis que Delaberge cheminait anxieux, le fourré devenait plus épais, le ravin se rétrécissait, le chemin s'obstruait de plus en plus d'anciens éboulis tapissés de mousses et de fougères. Et dans le crépuscule de ce défilé, il semblait à l'inspecteur général que, comme un nouvel Œdipe, il s'avançait vers quelque Sphinx aux lèvres pleines d'énigmes menaçantes...

DEUXIÈME PARTIE

I

RANCISQUE Delaberge, en annotant du mot
« urgent » son rapport à l'administration,
espérait recevoir une prompte réponse. Les
jours qui s'écoulèrent dans l'attente de la
décision ministérielle lui parurent d'autant
plus longs, qu'il vivait fort solitaire à l'auberge du *Soleil d'Or*. Mme Micheline était redevenue invisible et semblait se dérober avec un redoublement d'opiniâtreté. Simon Princetot lui-même, vers lequel il se sentait attiré
et avec qui il eût aimé s'entretenir, ne manifestait en
aucune façon le désir de continuer les relations ébauchées à la Roselière. Lui aussi se dérobait. L'inspecteur
général répugnait à penser que cette réserve fût de sa
part préméditée ; il soupçonnait plutôt Mme Princetot
d'avoir adroitement manœuvré pour éloigner son fils et
enlever ainsi tout prétexte à une nouvelle rencontre. Ces
précautions offensantes et mystérieuses entretenaient
dans l'esprit de Delaberge l'énervante inquiétude dont il
souffrait depuis sa conversation avec Micheline.

Pour se distraire de cette préoccupation, et peut-être
aussi dans l'espoir de retrouver Simon Princetot à la Rose-

lière, Francisque Delaberge résolut de faire une visite à Mme Liénard.

La perspective de passer une heure ou deux en compagnie de la charmante veuve souriait doucement à son cœur. Assurément il se fût menti à lui-même s'il eût prétendu éprouver pour Camille Liénard une de ces tardives passions qui tourmentent parfois si cruellement les hommes qui ont doublé le cap de la cinquantaine. Non ; mais lorsqu'il retombait dans ses songeries matrimoniales, lorsqu'il se forgeait en imagination une vie nouvelle, où, jetant aux orties le froc de célibataire, il deviendrait un père de famille, c'était toujours la franche et réveillante figure de Mme Liénard qu'il voyait apparaître aux fenêtres de son château en Espagne. Tout en s'acheminant vers la Roselière, il édifiait une fois de plus ce chimérique refuge où il rêvait d'abriter sa maturité.

— Assurément, songeait-il, s'amouracher à mon âge prête un peu au ridicule, mais Mme Liénard réaliserait si bien mon idéal ! Avec sa grace, son entrain, son naturel enjouement, elle égayerait les années qui me restent à vivre ; elle n'a ni la frivolité, ni la coquetterie des caillettes mondaines que je rencontre à Paris, elle serait une active femme d'intérieur, une maîtresse de maison qui me ferait honneur, et, n'ayant pas eu d'enfants, elle s'attacherait d'autant plus à ceux qui pourraient naître de notre mariage... Oui ; mais, en supposant qu'elle accepte de lier son existence à la mienne, ne serait-elle pas un peu trop jeune et trop verte pour mes cinquante ans ?...

Ce fut en ruminant ces pensées légèrement égoïstes qu'il traversa l'allée des frênes et arriva sur la terrasse.

Il trouva Mme Liénard occupée à cueillir des fleurs dans son jardin.

— Vous le voyez, madame, dit-il en la saluant, j'abuse de la liberté que vous m'avez donnée et je viens sans façon passer une heure avec vous, en voisin.

Camille Liénard l'accueillit avec un sourire et lui tendit sa petite main brune, que les épines de rosiers avaient rayée de minces éraflures : — elle était enchantée de le revoir et demandait seulement la permission d'achever sa cueillette.

— Je n'en aurai pas pour longtemps, ajouta-t-elle,

mais c'est une besogne pressée... Je me suis aperçue que les vases du salon avaient besoin d'être regarnis... Il y a deux choses que je ne puis souffrir : les rubans défraîchis et les fleurs fanées.

— Puis-je vous aider?

— Certainement. Prenez un sécateur et ayez la bonté de couper les fleurs que je vous désignerai.

Delaberge se mit gaiement à l'ouvrage. A mesure qu'elle lui nommait une plante, il la cueillait docilement. Parfois il commettait quelque bévue et se faisait vertement rabrouer. Debout au milieu de l'allée, les cheveux au vent, les yeux luisant dans l'ombre du chapeau de paille, Mme Liénard, serrant contre sa poitrine la gerbe déjà volumineuse, lui jetait ses indications d'une voix nette et musicale :

— Surtout, coupez de longues tiges! Donnez-moi des narcisses... Non, pas ces fleurs-là, ce sont des *jeannettes*... celles-ci, toutes blanches avec le cœur orange?... Comment ne connaissez-vous pas le *narcisse des poètes?*... Vous ne semblez pas très ferré sur la botanique des jardins, monsieur le forestier!

Et ils riaient. Delaberge se plaisait à sa besogne fleurie qu'il partageait avec la jeune femme.

Le contact des corolles mauves, cramoisies, d'un bleu tendre ou d'un blanc de lait, le rajeunissait. Les printanières odeurs des roses-thé, des jonquilles et des iris lui montaient à la tête. Chaque fois qu'il apportait une plante à la gerbe, c'était un délice pour lui d'effleurer les doigts de Camille Liénard à travers les feuilles humides.

— Là, dit-elle au bout d'un quart d'heure, nous en avons assez. Maintenant il ne s'agit que de garnir les vases.

Elle emmena Delaberge sous une charmille où il y avait des chaises d'osier et une table sur laquelle deux potiches pleines d'eau étaient posées.

Alors commença le travail délicat de l'arrangement des bouquets. Francisque présentait une à une les plantes à Mme Liénard, qui les disposait artistement dans les vases, assortissait les nuances et variait les fleurs selon leur forme et leur taille. Peu à peu, les iris violets, les chèvrefeuilles échevelés, les ancolies et les touffes de myosotis s'étalaient mollement sur une bordure de narcisses et de frisonnantes aspérules.

A travers l'arceau de la charmille, on apercevait, par-dessus des massifs d'aubépines roses, la terrasse bordée de caisses d'orangers et un coin de la façade aux fenêtres ouvertes, le tout dans un sourd bruissement d'insectes ivres de soleil.

Delaberge, mollement attendri et devenant expansif, hasarda une timide insinuation :

— Cette Roselière est un paradis ! Mais un paradis où l'on vit constamment en compagnie de soi-même peut devenir monotone à la longue... N'avez-vous jamais songé à en animer la solitude?...

Mme Liénard arrêta ses yeux limpides sur son interlocuteur. Elle laissa tomber la tige de rose qu'elle débarrassait de ses épines et, s'accoudant sur la table, resta un moment rêveuse. Ses lèvres s'entr'ouvraient, comme prêtes à hasarder une confidence, puis se refermaient brusquement.

Il y eut entre eux un silence, tandis qu'elle recommençait à plonger les plantes dans l'eau et à assortir les couleurs.

— Vous pensez, monsieur, répondit-elle, que mon isolement est trop complet, n'est-ce pas?... Mon Dieu, moi aussi, quelquefois... je me demande si je n'agirais pas plus sagement en modifiant ma vie, mais c'est une pente sur laquelle je n'aime pas à conduire mes rêves... Et pourtant...

Elle secoua brusquement la tête.

Les deux potiches étaient pleines. Elle se leva, secoua les débris verts qui restaient accrochés à sa jupe, et, prenant l'un des vases, pria Delaberge de se charger de l'autre.

— Je continue à abuser de vous, remarqua-t-elle en riant, mais vous êtes si aimable que je ne crains pas d'être indiscrète...

— Vous avez raison, madame, répliqua-t-il galamment: usez de moi comme d'un ami. Je regrette seulement que mes services se bornent à si peu de chose... Je voudrais acquitter plus sérieusement ma dette de reconnaissance envers vous, si hospitalière, si accueillante pour

un pauvre esseulé comme moi. Si votre maison vous
paraît parfois solitaire, c'est du moins une solitude
exquise, tandis que l'auberge du *Soleil d'Or* est un
ennuyeux désert.

Ils étaient entrés dans le salon.

— Eh bien ! reprit Mme Liénard en se débarrassant de
sa potiche, quand vous vous sentez trop isolé là-bas, pourquoi ne venez-vous pas vous désennuyer à la Roselière ?

— Vous me permettez d'y revenir bientôt ?... Alors je
m'en vais tout à fait heureux...

Il crut discret de ne pas prolonger sa visite et s'ap-
prêta à prendre congé.

Elle lui tendit la main :

— A bientôt, dit-elle avec vivacité ; à demain, si vous
voulez. Oui, revenez demain : j'aurai peut-être... un
conseil à vous demander.

Il la quitta, ragaillardi par l'espoir d'une entrevue si
prochaine, et aussi par la perspective de cette mystérieuse confidence qu'elle voulait lui faire.

II

E lendemain du jour où Delaberge avait aidé
Mme Liénard à fleurir le salon de la Roselière,
Simon Princetot, après le déjeuner de midi,
traversa la cuisine du *Soleil d'Or* et se dirigea
délibérément vers l'escalier qui conduisait à la
chambre rouge. Il avait déjà mis le pied sur la première
marche, quand Mme Micheline, qui le suivait d'un regard
anxieux, l'interpella :

— Où vas-tu, Simon ?

— Chez M. Delaberge... C'est demain que doit avoir lieu à la mairie la réunion du syndicat formé par les usagers, et avant de m'entendre avec eux sur la façon dont nous procéderons, je désirerais voir l'inspecteur général... Tu comprends... Je ne serais pas fâché de le faire causer et de savoir un peu quelles sont ses intentions...

Micheline secoua la tête et haussa les épaules :

— Peine inutile, dit-elle, l'inspecteur a décampé, sitôt son déjeuner avalé... Ah ! il ne moisit pas dans sa chambre ! Hier, il a passé son après-midi chez Mᵐᵉ Liénard, et j'ai en idée qu'il y est retourné aujourd'hui encore, car j'ai vu tout à l'heure qu'il prenait le chemin de la Roselière...

Tandis qu'elle parlait, la physionomie de Simon se rembrunissait à mesure. L'altération de son visage n'échappa point à l'attention de Mᵐᵉ Princetot. Elle avait depuis longtemps lu au fond du cœur de son fils et elle devina aisément que ce qui le fâchait, c'était moins l'absence de l'inspecteur général que la nouvelle de ces visites réitérées de Delaberge à la Roselière.

Immédiatement elle songea que le meilleur moyen d'empêcher Francisque de lier plus familièrement connaissance avec Simon était de brouiller radicalement les deux hommes, en se servant de Mᵐᵉ Liénard comme d'un sûr élément de discorde. Au fond, elle redoutait l'influence exercée par la propriétaire de la Roselière sur son fils. Elle savait que ce dernier n'avait pris en main l'affaire du cantonnement que pour plaire à Mᵐᵉ Liénard, et elle voyait avec terreur se développer cette passion qui, selon elle, ne pouvait aboutir qu'à de cruels déboires. Elle se dit qu'en excitant la jalousie de Simon, elle avait chance de faire d'une pierre deux coups ; le dégoûter de son fâcheux amour et l'éloigner à tout jamais de Delaberge.

Elle se rapprocha du jeune homme, lui mit la main sur l'épaule, et avec un accent de maternelle compassion :

— Mon pauvre enfant, murmura-t-elle, tu te donnes beaucoup de tracas pour rien et tu t'es embarqué dans une méchante affaire...

— Je ne suis pas de ton avis, maman, la cause que je défends est juste et d'ailleurs je ne puis abandonner maintenant les braves gens qui m'ont confié leurs intérêts.

— Ne cherche donc pas à me tromper et à te tromper toi-même... Je suis fine et j'y vois clair... Si tu t'es mis cette besogne sur le dos, ce n'est pas pour les beaux yeux des usagers du Val-Clavin, mais pour ceux de Mᵐᵉ Liénard...

— Maman, interrompit Simon en rougissant, tais-toi, je t'en prie... Pourquoi répètes-tu de pareilles faussetés ?

— Je dis ce que je pense et ce qui est vrai... Tu es amoureux de Mᵐᵉ Liénard et tu t'imagines qu'elle te récompensera de ton dévouement en consentant à devenir Mᵐᵉ Simon Princetot...

— Jamais ! protesta-t-il, jamais je n'ai rêvé semblable absurdité !

— Tant mieux alors, si je me trompe, mon fi, car si tu te mettais ces lubies en tête, tu t'en mordrais les doigts, tôt ou tard... Tu la vaux bien, ça c'est certain; mais ces belles dames-là se croient pétries d'une autre pâte que nous; elles veulent se marier avec des gens de leur monde, et tandis qu'elle te leurre avec des paroles sucrées et de jolis sourires, Mᵐᵉ Liénard se laisse faire la cour par l'inspecteur général.

— Allons donc ! s'écria-t-il, qu'en sais-tu ?

— Je le sais, affirma Mᵐᵉ Micheline. Cela saute aux yeux d'abord... Depuis une semaine qu'il est ici, voilà la troisième visite que M. Delaberge fait à la propriétaire de la Roselière... Il paraît qu'ils s'étaient déjà vus à Chaumont, et que l'affaire du cantonnement n'a été qu'un prétexte pour expliquer son séjour au Val-Clavin... Ce forestier vous amuse tous par des paroles en l'air afin de pouvoir rester plus longtemps à proximité de la veuve et de l'endoctriner tout à son aise... Essaye un peu, dans la réunion de demain, de le mettre au pied du mur en lui demandant une réponse catégorique, et tu verras si je n'ai pas raison...

Simon courbait la tête, se mordait les lèvres et fronçait les sourcils. Micheline comprit qu'il était ébranlé et devina en même temps, à l'altération de ses traits, qu'il souffrait cruellement. Alors elle l'attira vers elle, lui prit la tête dans ses mains et le baisant tendrement au front :

— Mon pauvre *gachenet*, ajouta-t-elle, je suis désolée de te faire de la peine, mais je n'entends pas qu'on se moque de toi... Réfléchis à toutes ces choses et, crois-moi, ne te laisse enjôler ni par les coquetteries de Mme Liénard, ni par les flatteries de M. Delaberge...

Simon s'éloigna brusquement. Il avait hâte de se trouver seul et de se ruminer librement les jalouses appréhensions que les paroles de sa mère venaient d'éveiller en lui.

En sortant de la maison, il se dirigea vers les bois de Charbonnière. Si avec son intuition féminine, Micheline Princetot avait deviné ce qui se passait dans son cœur, elle lui prêtait néanmoins des visées ambitieuses qu'il n'avait jamais eues. A la vérité, il aimait Mme Liénard; il l'aimait avec une fougue à la fois candide et passionnée; mais il ne s'était jamais illusionné sur les chances qu'il avait de voir sa tendresse payée de retour. Il n'ignorait pas qu'une barrière quasi-infranchissable le séparait de la veuve. Pourtant son espoir lui était cher, et, bien qu'il fût sans illusions, il n'en était pas moins accessible à la jalousie. Il se souvenait de l'impression fâcheuse que lui avait laissée la première visite de Delaberge à la Roselière. Du haut des clairières marécageuses de la forêt, il apercevait les toits pointus de la maison de Mme Liénard; il se disait qu'en ce moment sans doute l'inspecteur général se trouvait en tête-à-tête avec la jeune femme et en profitait pour mener à bonne fin ses tentatives matrimoniales. A cette pensée, un bouillonnement de colère lui montait au cerveau et une angoisse lui poignait la poitrine. Il n'y put tenir. Dût-il en souffrir encore plus grièvement, il voulait en terminer avec cette mortelle inquiétude et être fixé sur la réalité de ses soupçons.

Il quitta les hauteurs de Charbonnière et marchant à travers le taillis, il s'achemina vers les clôtures du parc.

III

Tandis que Mme Princetot s'entretenait avec Simon et jetait dans son cœur la mauvaise semence de la jalousie, l'inspecteur général, ému et empressé comme un collégien qui court à son premier rendez-vous, suivait la route de la Roselière.

Sa toilette était plus soignée que de coutume et son pas sonnait plus allègre sur le cailloutis du chemin. Qu'on soit en pleine sève de jeunesse ou déjà mûr comme un fruit d'automne, dès qu'il s'agit de l'éternel féminin, on devient la proie des mêmes illusions, on est sujet aux mêmes douces folies.

Tout en se hâtant, Délaberge trouvait un lustre plus frais aux verdures des taillis, une qualité plus savoureuse à l'air qu'il respirait. L'égrènement argentin de quelque sonnerie de village s'envolant par-dessus les bois le berçait gaîment, tandis qu'il dégustait les souvenirs de sa précédente visite.

Oh ! ces sonneries campagnardes, modestes comme les obscurs clochers d'où elles s'envolent, légères et limpides comme l'atmosphère des bois où elles vibrent, cristallines et chantantes comme les ruisseaux au-dessus desquels elles planent, quel charme elles répandent parmi les champs solitaires ! de quelles pacifiantes rêveries elles bercent l'esprit de ceux qui les entendent !

Qu'il soit jeune ou vieux, heureux ou triste, le passant dont elles frappent l'oreille se sent remué et soulevé de terre par leurs sonores envolées. Elles éveillent dans le

cœur je ne sais quoi de frais, de matinal et de candide ;
elles sont l'accompagnement amical de nos rêves, de nos
désirs ou de nos regrets ; elles en doublent l'intensité.

Alors commença le travail délicat de l'arrangement
des bouquets. (Page 65)

L'enchantement de leur musique évoque en nous, dans
la fleur de leur jeunesse, avec les couleurs d'aube de leur
prime saison, nos souvenances les plus chères...

Réjoui par le carillon de ces cloches villageoises, Francisque revoyait plus distinctement Mme Liénard sous la
charmille, avec sa pétulance de gestes et d'allure, son
aimable sourire, ses luisants yeux bruns et sa grâce sauvage. Il se remémorait ses moindres paroles et se les
répétait complaisamment, comme on aime à reporter à
ses narines une rose cueillie en chemin.

Quand elle le vit paraître dans l'encadrement des portières du salon, Camillle Liénard quitta précipitamment la tapisserie à laquelle elle travaillait. Ses yeux brillèrent, et une rapide rougeur colora ses joues.

Il la suivit et, par les allées ensoleillées, elle le conduisit jusqu'au milieu du parc. (Page 74.)

— Bonjour, monsieur Delaberge! dit-elle; vous êtes vraiment trop bon d'avoir tenu si ponctuellement votre promesse... Je suis contente de vous voir!

Elle lui tendit sa main que l'inspecteur général baisa avec une galanterie toute chevaleresque.

— Je n'avais garde d'oublier, répondit-il en retenant

un moment les doigts de la jeune femme dans les siens.
De quoi s'agit-il, chère madame?

Elle rougit encore, retira sa main, la posa sur le bras
du visiteur, et montrant la porte-fenêtre du jardin:

— Venez, murmura-t-elle: nous serons mieux dehors
pour causer...

Il la suivit et, par les allées ensoleillées, elle le conduisit jusqu'au milieu du parc. Il y avait là, dans un carrefour en étoile, un pavillon construit en branches
d'arbres et en mousse. Dans chaque façade moussue
s'ouvraient de larges baies vitrées dont, à l'intérieur, la
claire transparence laissait voir de tous côtés la fuite ver-
doyante des avenues. L'unique pièce était tendue de toile
grise, meublée de sièges rustiques et d'une table où l'on
avait préparé des rafraîchissements.

— Installons-nous ici, dit Mme Camille en s'approchant
de la table, nous y serons tranquilles, et, comme vous
devez avoir grand chaud, je vais vous confectionner
d'abord un verre de sirop de framboises.

Ces apprêts hospitaliers, la discrète intimité de ce pavillon que les retombées des hêtres voilaient de verdure,
la figure ouverte et rougissante de la jeune veuve assise
en face de lui, tout cela enivrait subtilement Delaberge
et lui faussait peu à peu le sens de la réalité.

Avec la naïve présomption d'un homme qui, dans sa
vie, n'a guère expérimenté l'amour, il interprétait au
gré de ses désirs les façons d'agir de Mme Liénard. De
vagues réminiscences de romans lus autrefois lui reve-
naient au cerveau et lui faisaient croire à une tendre et
délicate préméditation de la part de la jeune femme. Le
choix de ce pavillon isolé, les précautions prises pour
échapper à d'indiscrets regards, donnaient à ce tête-à-
tête une couleur galante qui troublait délicieusement son
cœur de vieux garçon.

Quand il eut vidé son verre, il tourna vers Mme Liénard un regard tendrement questionneur.

— Vous vous demandez, n'est-ce pas? commença-
t-elle, ce que j'ai de particulier à vous dire... Eh bien!
voici... C'est un peu délicat, et peut-être vous étonnerez-
vous de la facilité avec laquelle je fais mes confidences à
une personne que j'ai vue pour la première fois il y a dix

jours... Mais d'abord vous n'êtes pas pour moi un inconnu. Votre ami M. Voinchet m'a parlé avec le plus
chaleureux éloge de votre loyauté et de votre jugement.
Et puis songez que je suis seule ici, sans proches parents,
livrée à moi-même, n'ayant de relations qu'avec de
braves paysans ou avec des agents d'affaires. Il ne m'arrive
pas souvent de rencontrer un homme de votre caractère
et de votre autorité, et vous m'excuserez sans doute
d'avoir pris la hardiesse de le consulter... Enfin,
poursuivit-elle avec une expansion plus affectueuse, je
crois vous l'avoir déjà avoué, vous m'avez tout de
suite inspiré confiance. Quand les gens me sont sympa-
thiques, je sens en moi un quelque chose qui ne me
trompe pas et m'attire vers eux...

Cet aveu murmuré dans la quiétude du pavillon, où
le frôlement des mobiles verdures contre les vitraux révélait seul l'existence du monde extérieur, accrut encore
l'émotion et les espérances de Francisque. Il serra la main
de Mme Liénard et se déclara profondément touché de la
confiance qu'elle devait lui montrer :

— Je vous remercie, ajouta-t-il, de me traiter en ami ;
bien que notre connaissance soit de fraîche date, je vous
assure, madame, que je vous suis entièrement dévoué.
J'ai pour vous la plus tendre estime et l'ardent désir de
vous être utile.

— En ce cas, je vais sur-le-champ mettre votre indul-
gence à contribution.

Elle s'arrêta, but une gorgée d'eau de framboises pour
se donner une contenance, puis reprit :

— Depuis hier, j'ai beaucoup rêvé à un mot qui vous
est échappé au sujet de ma solitude... Votre observation
venait précisément à l'appui de certaines réflexions que
j'avais déjà faites par-ci par-là depuis un an... Oui,
quelque activité que je mette dans ma vie, mon isolement
me pèse quelquefois... Je songe que j'ai vingt-six ans et
que ce n'est vraiment pas un âge où l'on puisse se vouer
à la retraite. Je suis bien portante, d'humeur plutôt gaie
que mélancolique. Je ne me sens point de vocation pour
un perpétuel veuvage, et je me demande si je n'agirais
pas sagement en me remariant plus tôt que plus tard.

— Vous avez raison, affirma Delaberge en s'échauffant,

la solitude ne vaut rien pour personne, mais elle est plus mauvaise encore pour une jeune femme, pour une âme expansive et charmante comme la vôtre... N'attendez pas l'âge des hésitations et des regrets.

— Sans doute, répliqua-t-elle; mais bien que je sois du bon côté de la trentaine, je crois que l'âge des hésitations est déjà venu!... Un premier mariage, médiocrement heureux, amène après lui une précoce méfiance; c'est comme un accident de voiture, qui nous rend peureux à jamais. Feu mon mari, M. Liénard, était un fort honnête homme, mais un compagnon peu agréable : faible et entêté, cruellement taquin, maladif et prématurément vieux, il me plongeait sans le vouloir dans une atmosphère de maussaderie et d'ennui. Il m'a fallu toute la jeunesse, tout l'enjouement que j'avais en réserve, pour garder, après cinq ans de ce régime, ma bonne humeur et ma bonne santé. Je l'ai épousé sans le connaître, et je ne voudrais pas retomber dans la même erreur s'il me prenait fantaisie de me remarier. Je désirerais que, cette fois, mon choix fût guidé moins par de pures convenances que par une sincère inclination... C'est pourquoi, avant de donner à mes rêves actuels une forme tangible, j'ai voulu recevoir l'avis d'un homme sérieux... Vous, monsieur, vous vivez à Paris, vous avez l'expérience du monde, et vous me donnerez de bonnes idées.

— Hélas! madame, soupira-t-il, je suis un célibataire assez casanier et j'ai vécu surtout en compagnie de mes paperasses. Néanmoins je connais un peu les hommes, et je vous aiderai de mon mieux à voir clair à travers vos hésitations... Avant tout, et il souriait discrètement, quel serait votre idéal? L'avez-vous déjà entrevu dans vos rêves?

— Quelquefois, répondit-elle en baissant les yeux... D'abord, je déteste les caractères légers, les gens frivoles et les oisifs; j'aimerais donc, si je prenais un second mari, qu'il eût l'esprit cultivé et s'occupât utilement; je voudrais qu'il fût à la fois tendre et fort, réservé et digne...

Delaberge était ravi de ce début; sans trop se flatter, il avait conscience de pouvoir satisfaire au programme, et une lueur joyeuse épanouissait son visage.

— A merveille ! dit-il, voilà pour le moral... Passons aux qualités physiques... Tenez-vous à ce que le mari idéal soit très jeune?

— Sans y tenir précisément, répliqua-t-elle, je conviens que la jeunesse ne nuirait pas... C'est elle qui met en relief les qualités morales et les rend fécondes. Je me rappelle deux vers de Victor Hugo qui m'ont jadis frappée parce qu'ils n'étaient que trop en situation :

> Je crois que la vieillesse arrive par les yeux
> Et qu'on vieillit plus vite à voir toujours des vieux...

« A mon avis, on ne peut bien s'accorder et s'aimer que lorsqu'il n'existe pas entre le mari et la femme une trop grande disproportion d'âge...

— Vous pensez? murmura-t-il.

Ses traits s'allongèrent; la lumière qui éclairait ses yeux bleus disparut, comme brusquement soufflée.

— Vous me trouvez exigeante? demanda-t-elle en remarquant ce changement de physionomie.

— Vous avez le droit de l'être ! répondit-il mélancoliquement.

— Entendez-moi bien, je n'attache aucune importance à ce qu'on appelle des dehors brillants...

Elle leva ses beaux yeux vers les branches vertes qui effleuraient les vitres, comme si elle cherchait à y entrevoir le mari rêvé.

— Je ne me soucierais, continua-t-elle, ni d'un bellâtre ni d'un mondain... Je voudrais qu'il fût jeune ; mais sa jeunesse serait faite surtout d'enthousiasme, de verdeur et de tendresse... Elle n'aurait rien de la frivolité, ni des élégances superficielles des jeunes gens d'aujourd'hui. J'aurais en horreur un désœuvré ou un mondain. Je souhaiterais que le mari de mon choix eût l'esprit occupé de nobles ambitions tout en restant simple de cœur et en ayant comme moi le goût des choses de la campagne. Il serait fier ; il ne devrait sa position ni à un titre ni à de l'argent ; il l'aurait conquise par son seul mérite. Je l'aimerais d'ailleurs pour lui-même, pour son esprit, sa force de caractère, sa chaleur d'âme cachée sous des apparences de froideur et parfois de rudesse.

Son cœur s'ouvrait avec une naïve spontanéité; elle semblait rêver tout haut, et, en l'écoutant, Delaberge, visiblement désappointé, devinait que ce mari décrit avec tant de précision était beaucoup moins imaginaire qu'elle ne le prétendait; à certains traits caractéristiques, il constatait que cet idéal ressemblait singulièrement à un garçon de sa connaissance, à Simon Princetot.

Évidemment elle avait une secrète inclination pour le fils de Micheline. Comment ne l'avait-il pas pressenti dès le premier soir, lui qui se piquait d'être observateur et clairvoyant? Il est vrai que son égoïste vanité, sa sotte préoccupation de jouer lui-même un rôle d'amoureux, lui mettaient des coquilles sur les yeux. Fallait-il qu'il fût infatué pour s'imaginer qu'à son âge il pouvait faire impression sur cette jeune femme! Mme Liénard, avec sa franchise ingénue, venait de lui donner une dure leçon de modestie...

Elle le vit soucieux et crut qu'il était choqué.

— Je suis sûre que vous me jugez fort extravagante! hasarda-t-elle.

— Non, madame : tout cela est très sensé, et votre façon de penser vous rend plus sympathique encore.

— Alors vous êtes d'avis que, si je rencontrais l'idéal dont je vous ai esquissé le portrait, je pourrais l'aimer sans commettre une sottise?

— Parfaitement.

Il exhala dans un soupir sa dernière illusion et se leva :

— Il faut que je vous quitte; nous nous sommes oubliés à causer, sans nous apercevoir qu'il se fait tard.

— C'est vrai, dit-elle. Le soleil décroît déjà.

— Adieu, madame.

— Adieu? se récria-t-elle, est-ce que vous partez pour tout de bon?

— Non... je ne quitterai le Val-Clavin qu'après que j'aurai reçu la réponse définitive de l'administration... J'espérais pouvoir la communiquer demain aux usagers, avec lesquels j'ai rendez-vous à la mairie; mais cette réunion ne modifiera en rien mes propositions, et je pense qu'avant peu je pourrai vous apprendre que tout s'est arrangé à souhait.

— Alors ne prononcez pas ce vilain mot « adieu »,
puisque nous nous reverrons.

— Je ne partirai certainement pas sans prendre congé
de vous et vous serrer la main.

Il disait cela d'un ton contristé et se disposait à sortir.

Camille Liénard remarqua l'altération de sa voix et le
rembrunissement de son visage. Elle craignit de l'avoir
involontairement blessé en parlant de la vieillesse avec
trop de dédain, et, pour racheter son étourderie, elle redoubla de prévenances aimables.

— Si vous le voulez, reprit-elle, nous ferons le grand
tour par le parc; je vous accompagnerai jusqu'à une
porte qui donne sur les champs et qui n'allongera pas
trop votre chemin... Offrez-moi votre bras.

Il obéit et elle s'appuya sur son bras, cherchant à force
de bonne grâce et d'enjouement à lui faire oublier les
paroles maladroites qui avaient pu le froisser. Ils s'en
revinrent par une allée déjà à demi baignée d'ombre,
tandis qu'au sommet des arbres les derniers rayons du
couchant empourpraient les hautes branches, et que la
journée s'achevait au milieu d'un harmonieux gazouille-
ment d'oiseaux.

Ce caressant contact d'un bras féminin, ces délicates attentions qui jouaient la tendresse et ressemblaient
aux indulgentes façons avec lesquelles on s'efforce
d'apaiser un chagrin d'enfant, accrurent plus grièvement
la souffrance de Delaberge :

— Je ne compte pas pour elle, songeait-il : elle me
dorlotte comme un vieillard sans conséquence...

Ils arrivèrent à la petite porte, obstruée de lierre et que
Mme Liénard ouvrit avec peine. Elle hasarda encore
quelques pas au dehors, puis tendit la main à l'inspecteur
général :

— Vous n'avez qu'à aller tout droit... A bientôt, n'est-
ce pas? Et surtout pardonnez-moi d'avoir abusé de votre
patience.

Pour toute réponse, il s'inclina vers la petite main
tendue et y posa ses lèvres. La jeune femme regagna les-
tement le seuil de la porte, envoya un gai sourire à Delaberge, et disparut.

Très ému, Francisque se disposait à suivre le chemin

qui, à cet endroit, tournait court au milieu d'un fourré de saules et d'aunelles, quand son attention fut éveillée par un bruissement de feuillages brusquement écartés. En même temps il vit confusément un garçon jeune et leste s'élancer hors du fourré et s'éloigner entre deux champs de seigle. On eût dit que honteux d'être surpris aux aguets, il cherchait à se raser derrière les épis, afin de n'être pas reconnu.

L'inspecteur général s'arrêta un moment à regarder cette alerte forme masculine qui devenait de moins en moins distincte.

— C'est singulier! songea-t-il, le fuyard a un faux air de Simon Princetot.

IV

RÉOCCUPÉ de cet incident, Delaberge suivait pensif le sentier, qui n'était séparé du parc que par une haie vive et un fossé herbeux où courait un ruisselet dérivé de l'Aubette. De l'autre côté, les champs montaient vers les bois : carrés de seigles mouvants, longues pièces de luzerne d'un violet assombri, avec çà et là de stériles jachères où des flaques d'eau stagnantes miroitaient, où frissonnaient de tristes plantes aquatiques. Tout ce versant s'assoupissait bercé par le refrain des grillons. Seuls, au milieu de ce bourdonnement endormeur, autour des branches à demi décharnées d'un vieux chêne de lisière, de jeunes busards voletaient, se posaient et battaient des ailes avec des piaulements aigus. Les cris sauvages des buses, le glouglou intermittent du ruisseau et la vespérale

chanson des insectes ajoutaient encore à l'impression de
solitude qui serrait le cœur de Francisque.

Depuis que les confidences de Mme Liénard avaient ren-
versé son fragile château en Espagne, il était douloureusement désenchanté. Le malaise dont il souffrait avant sa
visite à la Roselière, et que, seules, ses chimériques espérances avaient momentanément dissipé, reprenait une
maîtresse place dans son esprit, maintenant que Mme Camille avait innocemment soufflé sur son rêve. Cette mor-
tifiante déception lui apparaissait comme un élément de
plus dans la chaîne des événements fâcheux qui se succédaient depuis son arrivée au Val-Clavin.

Un vent frais descendant des hauteurs inclinait mollement les seigles et remuait les cimes bruissantes des
arbres. On eût dit l'âme de la forêt exhalant en soupirs
inquiets la mélancolie que met en elle la tombée du crépuscule. L'infinie tristesse du soir dans ce site solitaire
pénétrait jusqu'aux moelles de l'inspecteur général. Une
amertume lui montait aux lèvres :

— Trop tard ! pensait-il, il est trop tard !... On ne
recommence pas sa vie !

Tout en cheminant lentement, il avait atteint l'orée du
bois, et du sommet de la route il apercevait déjà les maisons du village voilées de fumées bleuâtres. Les rumeurs
rustiques s'éteignaient. De loin en loin, il était dépassé
par des bûcherons regagnant leur gîte et dont le pas
alourdi résonnait sourdement.

A un jet de pierre de l'étang, un lavoir étalait son eau
d'un bleu de turquoise dans une ceinture de joncs et
d'oseraies. Agenouillée sur une pierre plate, une paysanne, brune silhouette penchée sur le réservoir clair, se
hâtait de tordre son linge et de le jeter dans un seau de
fer-blanc... Au bruit des pas de Delaberge, elle tourna
curieusement la tête et suspendit sa besogne pour dévi-
sager le promeneur. Il n'y prenait pas garde et continuait
de marcher pensif, quand la laveuse, d'une voix criarde,
l'interpella hardiment :

— Bonsoir donc, monsieur Delaberge, vous passez bien
fier !

Il s'arrêta, étonné, et fixa les yeux sur cette femme qui

le connaissait par son nom et dont les traits ne réveil-
laient en lui aucune souvenance.

Mince, décharnée et déguenillée, elle paraissait plus
que quinquagénaire. Ses cheveux mal peignés tombaient
en mèches grises sur son cou ridé; sa maigre figure de
chèvre, où luisaient deux yeux perçants, avait une maligne expression d'effronterie.

— Vous ne me remettez pas? reprit-elle : ah! dame,
c'est qu'il a coulé de l'eau sous le pont depuis le temps où
je vous rapportais votre linge au *Soleil d'Or*... Je suis la
Fleuriotte.

Alors seulement il se souvint; cette Zélie Fleuriot blan-
chissait jadis le linge des pensionnaires de l'auberge.
Elle était en ce temps-là déjà un peu montée en graine,
mais fraîche encore, coquette, délurée et n'ayant pas
froid aux yeux. Ses façons provocantes, ses paroles égril-
lardes et ses flambantes prunelles aguichaient les hommes.
Elle avait la réputation d'une fille légère, et l'inspecteur
général se rappelait que pendant deux ou trois mois elle
avait tourné autour de lui, prise d'un caprice et disposée
à lui octroyer ses bonnes grâces. Déjà féru de Mme Micheline, il était resté de glace à ces agaceries et avait dédai-
gné cette trop facile conquête.

Dans l'état d'esprit où il était ce soir, cette rencontre
lui agréait peu; néanmoins il ne voulut pas humilier la
Fleuriotte, et lui répondit hâtivement :

— En effet, je me rappelle... Comment allez-vous,
Zélie?

— Comme vous voyez, tout à la douce, trimant comme
un nègre pour les autres et ayant de la misère plus qu'à
ma suffisance.

— Vous êtes toujours blanchisseuse?

— Faut bien gagner son pain... Mais c'est un méchant
métier; je suis nouée de rhumatismes qui me coupent les
jambes... Enfin on n'a pas eu de veine, quoi!... On n'est
pas née coiffée comme le Prince et sa femme... Ceux-là
ont fait leur pelote et peuvent se croiser les bras.

— Avez-vous conservé, au moins, la clientèle du
Soleil d'Or?

— Ah! ouais! Le *Soleil d'Or*, il y a longtemps qu'il ne
luit plus pour moi!... On y est bien trop fier... Et puis

faut croire que ma frimousse déplaisait à Mme Micheline ;
elle lui rappelait des choses qu'elle aime autant oublier.
Maintenant qu'elle se confesse toutes les semaines et
communie tous les dimanches, ça lui fait dépit de rencontrer les gens qui l'ont connue dans un temps où elle
était plus pressée de courir à un rendez-vous qu'à la
messe.

Delaberge, peu désireux de soutenir une conversation
qui débutait de la sorte, faisait mine de poursuivre sa
route, quand la Fleuriotte, se redressant sur ses genoux,
ajouta avec un mauvais sourire :

— Le père Princetot, pour sûr qu'il a eu de la chance !...
Il a commencé sans un sou, et *auj'd'heu* il remue l'ar-
gent à la pelle ; il n'avait pas d'enfants, et il lui en est
tombé un du ciel au moment où il y pensait le moins...
Vous le connaissez, monsieur Delaberge, le fils à
Mme Micheline ?

— Oui, répondit-il brièvement c'est un charmant garçon.

La bouche édentée de la laveuse laissa passer un rica-
nement, et son regard narquois se fixa sur le visage de
l'inspecteur général :

— Pardine ! s'écria-t-elle, il a de qui tenir ! Vous aussi,
monsieur Delaberge, vous étiez un joli garçon à l'époque
où cet enfant-là a été fabriqué.

Il tressaillit. Cette maligne insinuation de la Fleuriotte
venait de réveiller en lui une inquiétude mal endormie.
Cette femme, contemporaine de Mme Micheline et ayant
jadis vécu familièrement avec l'hôtesse du *Soleil d'Or*,
avait peut-être reçu ses confidences. Elle était rusée et
devait savoir bien des choses. Bien qu'il éprouvât quelque
répugnance à questionner cette créature, Delaberge se
sentait maintenant mordu par une impérieuse curiosité.
À la hâte qu'il avait de s'éloigner succédait un anxieux
désir d'éclaircir les soupçons qui depuis quelques jours
s'agitaient dans son cerveau. Il revint vers son interlo-
cutrice, dont la maigre silhouette se découpait sur la
rougeur du soleil couchant :

— Que voulez-vous dire ? murmura-t-il.

— Faites donc pas l'ignorant, vous m'entendez bien !...
Quand le Simonnet est venu au monde, tout chacun a été

surpris, et le Prince, le premier... Vous seul, vous connaissiez le dessous des cartes, pas vrai?

— Je ne connaissais rien, et vous devriez mieux surveiller votre mauvaise langue, Zélie... N'avez-vous pas honte de salir ainsi la réputation des gens et de répandre à la légère des accusations que vous seriez fort embarrassée de prouver?

— Embarrassée, moi? allons donc!... J'étais de journée au *Soleil d'Or*, quand la Micheline s'est aperçue de sa grossesse... Justement le Prince avait été en voyage pendant les deux mois d'avant... Ah! elle n'était pas fière alors, je vous en réponds!... Seulement, c'est une fine mouche, elle a si bien su emboberner son mari qu'il n'y a vu que du feu... L'enfant est venu, on l'a reçu comme le Messie, et le Prince ne s'est pas même aperçu que le marmot vous ressemblait comme deux gouttes d'eau.

— A moi? Vous êtes folle!

— Oh! que nenni?... Regardez-le bien! Vous voudriez le renier que vous ne pourriez pas... Il faut avoir l'aplomb de Mame Micheline pour oser prétendre qu'il tient des Princetot. Elle a même tort de le crier si haut, car enfin, comme dit le proverbe : « C'est la poule qui chante qui fait l'œuf. » En ce temps-là, il n'y avait pas qu'une poule au *Soleil d'Or*, il y avait aussi un jeune coq qui chantait clair et souvent, et ce coq-là, M. Delaberge, vous le connaissez mieux que moi!...

— Taisez-vous! Le malheur vous a rendue méchante, ma pauvre femme!

— Oui, oui, je sais, les riches ont toujours raison... Quand ils ouvrent la bouche, on les croit sur parole, mais quand une pauvre diablesse comme moi veut dire la vérité, on lui clôt le bec en criant que c'est une menteuse... La misère est la misère, quoi!

Francisque fouilla dans son gousset, en tira une pièce d'or et la glissa précipitamment dans la main de la Fleuriotte :

— Tenez, voilà pour vous, mais retenez votre langue... Bonsoir!

Il s'esquiva, tandis que la paysanne, debout au bord du lavoir, hochait la tête, tout en serrant la pièce dans sa main crevassée. A bout de vingt pas, il se retourna furtivement.

La Fleuriotte avait chargé sur son épaule le seau plein de linge et restait immobile au milieu du chemin, dans son attitude de vieille Parque. Elle songeait sans doute qu'elle avait donné son coup de ciseaux dans le vif, et en effet, l'aumône libéralement jetée par l'inspecteur général prouvait qu'il était touché au bon endroit.

Oui, le coup avait porté. La voix de crécelle de Zélie Fleuriot venait de raviver cruellement les soupçons de Delaberge. Les propos de cette femme illuminaient l'obscurité où s'agitaient en lui des craintes imprécises et d'inquiets pressentiments. A présent, à cette soudaine clarté, il coordonnait les menus détails sur lesquels tout d'abord il n'avait pas cherché à s'appesantir...

Simon touchait à ses vingt-cinq ans, et il y en avait vingt-six que Delaberge et Mme Micheline s'ét.ient vus pour la dernière fois. C'était là déjà une concordance grave. D'ailleurs, cette première présomption se trouvait corroborée par la ressemblance que lui avaient signalée la Fleuriotte et Mme Liénard, et dont lui-même s'était vaguement aperçu. Simon avait tout comme lui les yeux bleus, les cheveux châtains, la physionomie sérieuse et réservée. Le soir du dîner de la Roselière, Francisque, rentré au *Soleil d'Or*, n'avait-il pas eu un moment l'illusion de voir un autre lui-même accoudé à la fenêtre de son ancienne chambre?

Cette singulière ressemblance n'expliquait-elle pas précisément la sympathie spontanée de Mme Liénard, dès leur première rencontre chez le conservateur? En trouvant dans la physionomie d'un étranger un reflet de la personnalité de ce jeune Princetot qu'elle aimait, la jeune femme avait tout de suite témoigné à Delaberge cette amitié confiante qu'il s'était vaniteusement empressé d'attribuer à son propre mérite.

Les moindres faits lui suggéraient maintenant de nouveaux motifs de conviction. Il notait de curieuses similitudes de goût, la parité de certaines intonations, de certains gestes; il commentait aussi la conduite étrange, les effarements et les transes de Mme Micheline, et il s'étonnait de ne s'être pas plus vite inquiété. Pour que ces coïncidences ne l'eussent pas frappé dès le début, pour qu'il n'eût pas un intime pressentiment de cette paternité possible, il fallait qu'il fût aveugle ou occupé ailleurs. Occupé, il l'avait été en effet par ses chimères matrimoniales, par cette égoïste infatuation qui lui avait fait croire à la possibilité d'épouser la propriétaire de la Roselière. Mais de ce côté-là c'était bien fini et la veuve tout à l'heure avait pris soin de le désabuser. Maintenant que les écailles étaient tombées de ses yeux, maintenant que sa perspicacité ne risquait plus de s'égarer, la situation s'éclairait crûment :

— Simon devait être son fils.

V

D'ABORD un mouvement de joyeuse fierté secoua Delaberge :

— Quoi! ce garçon beau comme un jeune chêne, ce Simon à l'âme haute, à la volonté énergique, était vraiment son fils!... Puis toute son allégresse se dissipa à la pensée que ce fils portait le nom d'un autre et resterait toujours un étranger pour son père naturel. C'était l'aubergiste Princetot qui, l'ayant nourri, élevé, soutenu dans la vie, pouvait seul s'enorgueillir de sa paternité légale ; c'était cet homme que Simon aimait comme son vrai père...

Alors, sous une nouvelle forme, le doute recommençait à travailler l'esprit de Francisque.

— Après tout, songeait-il, que sait-on? Dès qu'on pénètre dans ces mystères de la filiation, peut-on jamais posséder une certitude? L'adultère a cela de fatal qu'il laisse toujours planer une ombre sur la véritable origine de l'enfant... Dans ce ménage à trois, lequel de l'amant ou du mari a réellement des droits à la paternité?

Delaberge pouvait, à la vérité, invoquer cette singulière ressemblance qui l'avait frappé. Mais ne sait-on pas que, pendant l'obscur travail de la conception, la pensée absorbante de l'amant peut exercer sur la femme une mystérieuse influence et modeler à la ressemblance de ce dernier l'enfant né des œuvres du mari?... L'inspecteur général avait beau se répéter ces choses, sa conscience demeurait troublée. Il était las de douter; il voulait être fixé et échapper à l'incertitude qui l'angoissait. Micheline seule pouvait l'éclairer et, malgré la perspective d'une scène pénible, il résolut d'avoir avec elle une explication décisive.

Il se hâta vers le *Soleil d'Or*, et, trouvant dans la cuisine une des servantes, demanda prudemment si le Prince était à la maison.

— Non, monsieur, lui répondit-on, le patron est en route; M. Simon a dû aller au-devant de lui et ils ne rentreront guère avant dix heures.

— Et Mᵐᵉ Princetot?

— Madame est à l'église, mais elle ne tardera pas à en revenir...

En effet, cette fille avait à peine achevé que Mᵐᵉ Micheline apparaissait sur le seuil, tenant à la main son paroissien et coiffée d'une austère capote noire. A la vue de Delaberge, une faible rougeur nuança son teint mat. Comme si elle eût pressenti les intentions de Francisque, elle éloigna la servante en lui donnant une commission pour une voisine, puis ses yeux inquiets adressèrent à l'inspecteur général une muette interrogation.

— Pouvons-nous être seuls un moment? dit-il d'une voix grave : j'ai besoin de vous parler.

— Mais!... objecta-t-elle en cherchant une échappatoire.

— Il le faut! insista-t-il plus énergiquement.

Il y avait dans son accent quelque chose de si impératif qu'elle ne résista plus.

— Venez! murmura-t-elle avec une morne résignation.

Elle le précéda dans un couloir menant à l'appartement particulier du maître d'hôtel et l'introduisit dans une pièce servant de bureau et de salle à manger; d'une main tremblante elle alluma une bougie qui éclaira vaguement les murs, décorés d'images de piété, de deux médiocres portraits du Prince et de sa femme, et des brevets de Simon luxueusement encadrés. Puis elle enleva son chapeau, et, pour la première fois, il la revit nu-tête avec ses épais cheveux gris crépelés.

— Parlez! dit-elle en s'asseyant, car l'angoisse la faisait frissonner comme une feuille, et ses jambes se dérobaient.

— Micheline, commença-t-il, pardonnez-moi de revenir sur un sujet douloureux, mais un intérêt majeur l'exige... Vos craintes n'étaient pas vaines, mon retour au Val-Clavin a réveillé la médisance, et tout à l'heure j'ai rencontré sur la route une femme que vous connaissez bien, la Fleuriotte.

Micheline tressaillit, ses traits s'altérèrent, et d'une voix alarmée :

— Ah! mon Dieu, s'écria-t-elle, qu'y a-t-il encore?

— La Fleuriotte m'a rappelé malignement le temps passé; elle a une langue de vipère, mais elle sait beaucoup de choses, et rien ne prouve qu'elle ait voulu me tromper... Elle prétend que Simon est mon fils et non celui de...

Micheline l'interrompit avec violence :

— Taisez-vous! protesta-t-elle; ne dites pas ces choses-là, ce sont des menteries!

— Vous seule pouvez m'en donner la certitude et je vous supplie d'être franche... Quelle est la date exacte de la naissance de Simon?

— Je... je ne sais plus au juste, balbutia-t-elle troublée.

Il devina à l'expression de son visage qu'elle se livrait mentalement à un calcul destiné à l'égarer, et il reprit sévèrement :

— Répondez-moi sans hésiter... Réfléchissez que je puis toujours m'assurer de la vérité en consultant les registres de l'état civil... A quelle époque est-il né?

Elle comprit qu'un mensonge serait inutile et répondit d'un ton résigné :

— En 1859... le 25 juillet.

Delaberge resta un moment silencieux. Il avait quitté le Val-Clavin à la fin d'octobre 1858 et, à cette époque, le Prince était absent.

— Rappelez vos souvenirs, murmura-t-il en hochant la tête, et jugez si j'ai raison de m'émouvoir...

— Qu'est-ce que ça prouve ? répondit-elle avec irritation : est-ce qu'on est jamais sûr ?...

— Il y a d'autres présomptions encore : Simon me ressemble, et vous le savez bien, Micheline ! vous qui avez fait votre possible pour m'empêcher de le revoir... Vous craigniez que cette ressemblance ne me sautât aux yeux, car elle n'est pas imaginaire. Simon n'a rien de celui dont il porte le nom, tandis que ses traits rappellent les miens quand j'avais son âge. D'autres que moi s'en sont aperçu et me l'ont fait remarquer... Maintenant je vous conjure de me dire toute la vérité !

La figure cachée dans ses mains, Mme Micheline secouait négativement la tête et se bornait à répéter obstinément :

— Ah ! Seigneur mon Dieu, pourquoi ? A quoi bon ?

Elle se défendait encore, mais déjà plus faiblement.

— Pourquoi ? répliqua Delaberge : parce que j'ai le droit de le savoir, parce que vos principes religieux vous obligent à ne pas me déguiser la vérité, parce qu'enfin, si vous vous entêtez, je recourrai à d'autres moyens pour éclaircir mes doutes...

Cette menace, jetée au hasard, eut raison des dernières résistances de Mme Princetot. Ses mains s'écartèrent, laissant à découvert son visage bouleversé ; ses yeux épeurés se fixèrent sur son interlocuteur :

— Ne faites pas ça ! interrompit-elle.

Puis d'une voix étouffée, elle avoua tout :

— Et bien ! oui, là, c'est votre fils... Quand Princetot est revenu chez nous après deux mois, j'étais déjà quasi certaine de ma grossesse, et dans les premiers moments je vivais si enfoncée dans le péché, vous m'aviez si fort troublé la tête, que je me réjouissais d'avoir un enfant et qu'il fût de vous... L'amour m'endurcissait la conscience ;

je ne me suis pas fait scrupule d'abuser mon mari. Je voulais même vous écrire ça, et puis, craignant une indiscrétion, j'ai préféré me taire... L'enfant est venu ; il était beau et fort, il a été reçu avec joie, et je l'ai aimé follement... Princetot aussi en était fou... Mais quand il s'est mis à grandir et que sa ressemblance avec vous est devenue pour moi plus visible, la peur m'a prise. Je songeais à ce qui arriverait si mon mari s'avisait d'avoir des doutes, et je commençais à me repentir de l'avoir trompé, cet homme! Alors la grâce m'a touchée, mes yeux se sont ouverts; j'ai eu horreur de ma conduite, j'ai essayé de la racheter en m'humiliant devant le bon Dieu et en confessant mes péchés... Les pénitences les plus dures, je les ai faites... Elles n'étaient rien à côté des transes qui me prenaient à la pensée de Princetot découvrant tout à coup mon crime... Et c'est au moment où je croyais mon supplice fini, ma faute pardonnée, ma tranquillité assurée, que vous êtes arrivé chez nous... En vous voyant, j'ai compris que ma peine commençait seulement, et je ne me suis pas trompée... Ah! mon Dieu, mon Dieu, faut-il?... Enfin, je vous ai dit toute la vérité, monsieur Delaberge, et maintenant que vous la connaissez, je vous en prie à mains jointes, soyez bon et honnête : faites comme si vous ne saviez rien, et laissez-nous!

Elle le suppliait avec une effusion où résonnait un peu de la tendresse d'autrefois. Sous le moutonnement de son abondante chevelure grise, ses traits réguliers, ses yeux mouillés prenaient une expression douloureuse qui y mettait un reflet de son ancienne beauté.

— Oui, répétait-elle, partez et oubliez-nous!... Laissez-nous tranquilles tous les trois dans notre trou. A vous, qui avez une belle position, qui vivez à Paris dans les distractions et le bruit, qu'est-ce que ça peut vous faire l'existence de petites gens comme nous? En quoi vous intéressent nos affaires et celles de mon garçon?

— Mais c'est mon fils! protesta Delaberge avec un accent violemment ému et qui sortait vibrant de l'intime fond de son cœur; je l'ai vu, je suis fier de lui... Ne comprenez-vous pas que je voudrais lui prouver mon attachement, contribuer pour quelque chose à son bonheur et à son avenir?

— Vous ne pouvez rien pour lui, s'exclama-t-elle avec emportement; tout ce que vous essayeriez tournerait à son désavantage. Pensez donc que, s'il se doutait des motifs de votre intérêt, s'il avait le moindre soupçon, ce serait la fin de notre tranquillité, la honte et la misère de sa vie... Ah! c'est bien pour ça que je vous suppliais de ne plus le voir! Oui, je tremblais qu'en se trouvant près de vous il ne s'aperçût de cette malheureuse ressemblance et que ça ne le mît sur la trace de ce qu'il ne doit jamais savoir!... Il faut, entendez-vous, qu'il reste toujours pour vous un étranger... C'est le châtiment de notre péché, et il est juste que vous en ayez votre part... Tout ce que vous pouvez faire de mieux, c'est de vous taire et de vous en aller.

Elle s'était levée et s'effaçait pour le laisser sortir.

— Bonsoir, monsieur Delaberge, murmura-t-elle très bas. Si vraiment vous avez un peu d'amitié pour lui... et pour moi... partez, oubliez-nous!

Il sentait si bien l'implacable logique de cette injonction, qu'il baissa la tête et sortit sans ajouter un mot.

<h2 style="text-align:center">VI</h2>

Insi que Simon l'avait dit à sa mère, le lendemain était le jour fixé pour la réunion du syndicat formé en vue de résister aux prétentions de l'administration forestière. Il se composait de plusieurs conseillers municipaux, de quelques propriétaires des communes voisines et de Simon Princetot, représentant plus spécialement Mᵐᵉ Liénard.

Déjà la plupart des intéressés se trouvaient groupés

devant la mairie, sur la petite place de l'Abbatiale, quand
Delaberge y arriva. Il avait, comme on le pense bien,
assez mal dormi, et son visage pâli gardait la trace des
agitations de la nuit. Dans la lucidité d'esprit qui se produit au réveil, la situation lui apparaissait plus cruelle
encore. A l'heure où il regrettait de ne s'être pas créé
une famille et où il songeait à se marier, la destinée lui
ménageait cette ironique surprise! Tandis qu'il traînait
avec ennui sa solitude et ses rêves nostalgiques de paternité, il y avait au fond des bois, dans un village perdu,
un garçon robuste, intelligent, remarquablement doué,
qui lui devait la vie. Et aujourd'hui qu'il avait pu appré-
cier ce garçon, aujourd'hui qu'il eût été fier de l'avouer
pour son fils, il était condamné à l'ignorer, à comprimer
au plus secret de son cœur les élans de sa tendresse.
Le mieux qu'il pouvait faire dans l'intérêt de cet enfant, c'était de partir et de ne le revoir jamais. Il lui fallait étouffer en germe cette affection qui eût été si douce.

On a beaucoup raillé la « voix du sang », et il faut
convenir que dans certaines conditions elle reste absolument muette. D'Alembert pouvait avec raison s'écrier
que sa vraie mère était la femme du vitrier qui l'avait
recueilli, et non Mme de Tencin qui l'avait abandonné. Il
est probable que Simon eût éprouvé le même sentiment
envers le Prince si on lui avait révélé sa véritable origine. Mais dans le cas de Delaberge, l'instinct paternel
brusquement éveillé parlait un tout autre langage. A la
vue de ce grand fils qui lui ressemblait et qui lui avait
été sympathique dès le premier jour, il éprouvait de l'admiration, de l'amour et de la jalousie, et il se disait qu'il
ne se consolerait jamais de l'avoir si vite perdu.

Il s'avançait lentement vers la place de l'Abbatiale,
cherchant Simon Princetot parmi les paysans épars, et
déçu de ne l'y pas trouver. Ceux-ci, qui tout à l'heure
discutaient librement et à voix haute, s'étaient tus à
l'approche de l'inspecteur général. Ils s'écartaient pour
le laisser passer, se tenaient sur la réserve et se conten-
taient de l'observer du coin de l'œil.

Embarrassé de cet accueil plein de méfiance, Delaberge
se hâtait vers la mairie, quand l'horloge sonna dix heures.
Au même moment, Simon déboucha de la Promenade. Il

marchait d'un pas leste et décidé, et apparaissait soudain
en plein soleil, grave, affable, le regard brillant.

En une seconde, les groupes se resserrèrent autour de
lui, toutes les mains se tendirent vers la sienne. Delaberge lui-même, ralentissant de nouveau le pas, se
demandait s'il n'irait point lui parler à son tour. Simon
l'avait déjà aperçu, leurs regards se croisèrent, et l'élan
de l'inspecteur général fut arrêté par le coup d'œil hos-
tile que le jeune homme lui lança.

Ils échangèrent un froid salut, puis se dirigèrent séparément vers la mairie : Simon, au milieu de ses clients ;
et Francisque, réduit à la compagnie du maire, qui
venait de se détacher du groupe pour accueillir officielle-
ment le représentant de l'administration.

Dans la salle de la mairie, nue et blanchie à la chaux,
l'inspecteur général, assis à la droite du maire, assistait à
l'entrée des membres du syndicat. Ils arrivaient à la
queue leu leu, les uns vêtus de la blouse neuve qui tombait à plis empesés sur leur pantalon de gros drap, les
autres endimanchés dans des redingotes démodées. Assis
en demi-cercle autour de la table verte, ils frottaient
machinalement leurs mains noueuses, et, tendant leur
cou hâlé, braquaient des yeux curieux et circonspects
vers ce fonctionnaire décoré que l'administration leur
envoyait de Paris. Simon parut le dernier, et alla s'asseoir
au centre, presque en face de Delaberge, qui, sur l'invitation du maire, se leva pour faire connaître l'objet de
sa mission.

Indépendamment de l'émoi que lui causait la présence
du fils de Micheline, une déconvenue lui ôtait une partie
de ses moyens.

Il avait compté recevoir la réponse ministérielle assez
à temps pour offrir aux opposants une solution tout à
fait équitable. Le silence de l'administration l'obligeait à
écouter les griefs des usagers sans pouvoir sur-le-champ
leur proposer une transaction satisfaisante. Il se borna
donc à lire la dépêche qui lui donnait pouvoir de sou-
mettre le litige à un nouvel examen et d'étudier les bases
d'un arrangement. Cela fait, il déclara qu'il était animé
de sentiments de conciliation et très désireux de trouver,
de concert avec le syndicat, une solution qui, sans léser

les droits de l'Etat, ménageât les intérêts de la commune et des particuliers.

Son allocution fut écoutée avec un silence glacial, puis tous les regards se tournèrent vers Simon Princetot, qui se préparait a répliquer.

Le jeune homme, sans se montrer le moins du monde intimidé, parla d'un ton ferme et bref:

— Notre réponse, dit-il, sera courte. Ainsi qu'il vient de nous l'expliquer, M. l'inspecteur général avait pour mission de visiter les bois du Val-Clavin et d'examiner l'emplacement du cantonnement projeté. Si, comme c'était son devoir, il a procédé à cette visite, il a pu se rendre facilement compte de la nature et de la valeur du triage où l'on veut nous parquer. Il sait par conséquent aussi bien que nous, que les bois de Charbonnière sont insuffisants pour l'affouage, impropres à la pâture, privés de chemins de communication, et qu'il nous est impossible de prêter les mains à une odieuse duperie. Je demande donc au mandataire de l'administration de nous faire connaître franchement s'il persiste à approuver les agissements injustes des forestiers de Chaumont?...

Tandis que Simon parlait, l'inspecteur général le regardait avec une attention attendrie,

Maintenant il se rendait plus exactement compte de cette ressemblance qui avait frappé Mme Liénard. Elle ne sautait pas aux yeux, comme l'avait malignement prétendu la Fleuriotte et pour s'en apercevoir il fallait étudier de près et dans l'intimité les manières d'être du jeune Princetot.

Elle consistait moins dans la parité des traits que dans l'analogie des inflexions de voix et des gestes sobres et énergiques, dans un identique frémissement des paupières, des narines, des lèvres, sous le coup d'une subite irritation. Elle s'accusait aussi par certains menus détails que Francisque seul pouvait saisir : ainsi, par exemple, Simon portait des vêtements sombres; sa toilette était soignée, mais sans cette recherche qui plaît d'ordinaire aux jeunes gens, sans une couleur voyante, sans un bijou. De tout temps, Delaberge avait eu la même prédilection pour les couleurs foncées, les mêmes répugnances pour les bijoux qui tirent l'œ Il constatait avec émotion cette similitude de goûts, ces singulières affinités, et son

anxieuse étude l'absorbait tellement qu'il ne remarqua
pas tout d'abord les intonations acerbes et les intentions
agressives que Simon mettait dans sa réplique.

Ce fut seulement après le murmure approbatif accueil-
lant les paroles du jeune homme, qu'il s'éveilla de sa
rêverie et s'aperçut qu'on l'acculait au pied du mur.

— Messieurs, objecta-t-il doucement, je comprends votre
impatience, mais les formalités administratives vont
moins vite que vos désirs. Mon opinion est faite, et je
l'ai exprimée dans un rapport au ministre. Toutefois le
devoir professionnel m'oblige à garder le silence jusqu'au
moment où j'aurai reçu une réponse. Cela ne peut tarder, et
dès qu'elle m'arrivera je m'empresserai de vous en informer.

— Nous ne connaissons que trop ces moyens dilatoires,
interrompit Simon : voilà deux ans qu'on nous endort
avec des promesses et des atermoiements. La patience ne
vous coûte rien, à vous dont les appointements courent
toujours, monsieur l'inspecteur général! Elle nous est
plus onéreuse, à nous qui souffrons des lenteurs administratives. Pendant que vous nous amusez par de belles
paroles, nos droits sont méconnus, nos intérêts sont lésés
et nos ressources diminuent. Nous ne pouvons pas attendre
plus longtemps le bon plaisir des agents forestiers qu'on
nous expédie de Paris, et qui nous leurrent!

Cette fois, Delaberge ne pouvait se dissimuler l'animosité de son interlocuteur.

Les paroles acrimonieuses et irritantes de Simon avaient
un caractère de violence qui ne comportent guère les
discussions purement juridiques. Par-dessus l'administration elles s'attaquaient directement à l'inspecteur général. Ce n'était pas un adversaire que ce dernier avait en
face de lui, mais un ennemi.

Le motif de cette agression inattendue lui échappait;
il n'en était que plus navré en se voyant en butte à une
hostilité blessante de la part de ce garçon qui était son
fils, et qu'il aurait (avec quelle tendresse!) si volontiers
serré contre son cœur. Il se résignait encore à se séparer
de lui comme d'un étranger; mais partir en lui laissant
pour tout souvenir cette inexplicable haine, c'était la
suprême amertume du calice, et il souffrait cruellement
en la sentant passer sur ses lèvres.

— N'est-ce pas votre opinion, messieurs? continuait Simon en se tournant vers les paysans, qui écarquillaient les yeux et l'écoutaient avec admiration ; n'est-il pas temps de passer des paroles aux actes?... Puisque l'admi-

— Faites donc pas l'ignorant, vous m'entendez
bien !... (Page 83.)

nistration ne veut pas être équitable, il ne nous reste plus qu'à nous adresser aux tribunaux... Que ceux qui sont de mon avis veuillent bien lever la main !

Et comme mues par la même décharge électrique, les mains noueuses et hâlées se levèrent avec une menaçante énergie.

— C'est entendu! reprit-il, triomphant.

Puis, se retournant vers Delaberge avec un regard de défi :

— Monsieur, nous n'avons plus rien à vous dire...
Dans vingt-quatre heures vous recevrez notre réponse
par huissier.

Il s'était levé et se dirigeait vers la porte, suivi du

Pàrlez! dit-elle en s'asseyant. (Page 88.)

groupe des usagers. Le maire lui-même battait en retraite
et abandonnait l'inspecteur général. Interdit et le cœur
meurtri, Francisque resta un moment seul dans la salle
nue et vide, écoutant dans l'escalier les pas lourds et les
gros rires des paysans, et saisissant au milieu du brou-
haha ces mots jetés par une voie goguenarde :

— Ah bé ! Simon lui a tout de même crânement rivé
son clou, à ce Parisien!

VII

MPORTÉ par le dépit et aussi par un véhément désir de connaître la raison de cette inconcevable inimitié, Delaberge à son tour s'élança dehors.

Du haut du perron, il aperçut Simon Princetot qui prenait congé de ses collègues et traversait lentement la place. L'inspecteur général descendit précipitamment les marches et le rejoignit sous les tilleuls de la promenade.

Le jeune homme marchait, les mains enfoncées dans ses poches et la tête penchée méditativement. Maintenant qu'il avait quitté ses amis du syndicat, la griserie du réel succès qu'il venait d'obtenir s'évaporait déjà. La fougue et l'irritation de tout à l'heure faisaient place à des réflexions mieux pondérées. Simon se reprochait d'avoir introduit ses rancunes personnelles dans une discussion d'affaires, et d'avoir compromis peut-être les intérêts qui lui étaient confiés. — Il était bien avancé d'avoir agi comme un enfant qui frappe l'obstacle qui l'a fait choir ! Cet emportement ne changeait rien, en somme, aux fâcheux événements qui l'avaient motivé. Après comme avant, ses désillusions restaient les mêmes. Ce qu'il avait observé, la veille, derrière les aunelles voisines de la petite porte du parc, n'en était pas moins une désolante réalité. Mᵐᵉ Liénard ne se souciait pas de lui et réservait ses tendres attentions pour son rival. — Il avait de l'amertume plein le cœur, en repensant à ce qui s'était passé le soir précédent à la Roselière. Il revoyait la petite porte brusquement ouverte, la veuve apparaissant souriante sur le seuil et tendant à Delaberge une main que celui-ci effleurait d'un baiser...

Tandis que sa jalousie s'irritait et saignait douloureusement à cet odieux souvenir, il entendit des pas derrière lui, et la voix de l'homme auquel il pensait avec un redoublement de rancœur résonna soudain à ses oreilles :

— Monsieur, murmurait Delaberge, ayez l'obligeance de m'accorder un moment d'entretien.

Simon se retourna, et une flambée de colère brilla dans ses yeux; mais il sut se contenir. Silencieusement, il obliqua vers une contre-allée plus solitaire :

— Que me voulez-vous? demanda-t-il en croisant les bras.

— Monsieur, vous m'avez paru céder tout à l'heure à un mouvement plus passionné que prudent... Croyez-moi, attendez deux jours encore avant de prendre une résolution extrême... Je ne vous parle pas en ce moment en adversaire, mais en ami.

— Vous n'êtes pas mon ami, répliqua durement le jeune homme.

— Je désirais l'être, à tout le moins, et je suis surpris de votre hostilité. Je ne crois pas pourtant vous avoir donné motif de me traiter en ennemi, depuis le soir où nous sommes revenus ensemble de la Roselière...

Cette allusion à la Roselière, loin de calmer le fils de Micheline, sembla au contraire accroître son irritation :

— Je hais la duplicité ! s'écria-t-il ; vous m'aviez promis d'agir loyalement, équitablement envers les usagers, et vous m'avez trompé...

— Ne m'accusez pas à la légère, répondit Francisque avec une mansuétude qui ne toucha point son interlocuteur, je vous répète que j'ai écrit au ministre, et vous n'avez pas le droit de me condamner sans savoir dans quel sens j'ai écrit... Pourquoi manquez-vous de confiance et me refusez-vous le crédit de quelques jours que j'ai demandé?

— Pourquoi? riposta Simon, se laissant emporter par cette fougue juvénile qu'il avait trop longtemps contenue. Parce que je vous ai deviné, parce que je sais où vous voulez en venir avec vos perpétuels délais!... Cela vous permet de prolonger votre séjour ici et de multiplier vos visites à la Roselière!

Delaberge le regarda avec stupéfaction, et de nouveau fut navré de l'animosité qui brillait dans ses yeux.

— Je m'étonne, dit-il avec un accent de reproche, que vous mêliez Mme Liénard à notre discussion.

— Ah! murmura sarcastiquement le jeune Princetot, cela vous surprend!... Si bien que vous sachiez dissimuler, il vous est désagréable d'apprendre que quelqu'un a lu dans votre jeu et a démêlé le motif de vos assiduités équivoques!...

L'inspecteur général haussa les épaules:

— Mes assiduités n'ont rien de mystérieux, et je n'ai aucune raison de me cacher quand je vais à la Roselière.

— Vous vous cachez du moins pour en sortir!

— Moi?... protesta-t-il.

— Oui, vous... Hier soir encore vous vous glissiez hors du parc par une porte dérobée... Osez donc le nier!

— Ah! je comprends...

Ces dernières indications remémoraient à Delaberge l'incident que d'autres événements plus graves lui avaient fait oublier; il se rappela la fuite de cet inconnu, qui s'était élancé d'un fourré d'aunelles et qui ressemblait à Simon.

Ce fut un trait de lumière qui éclaira la situation et rendit plus intelligible à l'inspecteur général l'étrange conduite du jeune Princetot. Le pauvre garçon aimait Mme Liénard. Avec l'intuition des amoureux, il avait flairé les intentions matrimoniales d'un nouveau venu qui lui semblait suspect, et la jalousie l'avait mordu au cœur. Déjà mal disposé à l'égard de cet intrus, il avait surveillé ses visites à la Roselière, l'avait surpris sortant de la propriété par une porte dont on ne se servait pas souvent, et cette découverte avait allumé en lui la violente inimitié qui venait d'éclater pendant la réunion des usagers.

Un sentiment pénible, une pitié douloureuse emplissait

l'âme de Delaberge. Il ne lui manquait plus que d'être le rival de son fils! Ce qu'il y avait en lui de sensibilité engourdie par une trop longue pratique de l'égoïsme, par l'habitude de tout rapporter à soi, se réveilla soudain. Il eut nettement conscience de ses responsabilités et de la situation quasi-tragique où il se trouvait. Une poignante émotion le saisit à la gorge et lui mouilla les yeux.

— Ainsi, murmura-t-il d'une voix mal assurée, c'était vous qui m'espionniez!

— Oui, c'était moi! affirma Simon avec un ardent regard de colère et de défi.

Il y eut un instant de silence; puis Delaberge posa sa main sur le bras du jeune homme, et reprit:

— Mon enfant! — et il éprouvait une amère douceur à prononcer ce mot, — la passion vous aveugle... Vos soupçons ne sont fondés que sur des apparences; mais du moment que ces apparences ont pu vous tromper et vous faire souffrir, il y a assurément de ma faute... Si ma conduite irréfléchie a pu vous induire en erreur, je le regrette profondément.

Simon semblait déconcerté par l'humilité de cet aveu et regardait moins hostilement son interlocuteur; toutefois un reste de méfiance persistait dans ses yeux et sur ses lèvres.

— Je vous déclare, continua Francisque, que j'ai pour la personne dont nous parlons une très affectueuse estime, mais que je ne songe nullement ni à lui faire la cour ni à l'épouser... Vous voyez, je m'explique franchement; ayez à votre tour un peu plus de confiance et répondez-moi: vous êtes amoureux?

Simon se troubla, et une rougeur lui monta aux joues, pudeur de jeune garçon sérieusement épris qui se scandalise de voir exposé au grand jour l'amour timide qu'il tenait religieusement caché.

— Moi, balbutia-t-il; pourquoi supposez-vous?...

— Parce que, interrompit Delaberge, sans cela l'espionnage auquel vous vous êtes livré serait impardonnable... La passion seule peut excuser ces emportements... Vous aimez Mme Liénard.

Le jeune homme, confus, baissa la tête et répondit farouchement:

— De quel droit m'interrogez-vous?

— Du droit que vous m'avez donné en me traitant comme un rival qu'on déteste... Votre antipathie ne peut s'expliquer que par l'aveuglement de la jalousie, et c'est pour cette raison que je vous répète : Vous êtes amoureux de Mme Liénard.

— Vous moquez-vous, monsieur? murmura Simon en détournant les yeux.

— Non, je parle sérieusement... C'est un sentiment naturel à votre âge et vous n'avez pas à en rougir.

— Je suis seul maître de mes sentiments et de mes pensées... Je n'ai à en rendre compte à personne.

— Pas même à Mme Liénard?

— A elle moins qu'à tout autre... Si ce que vous supposez existait, je vous jure qu'elle n'en saurait rien... Jamais je ne lui laisserais supposer une pareille folie!

— Une folie?... Qu'appelez-vous une folie?

— Aimer quelqu'un qu'on ne peut pas épouser... Nous ne sommes pas du même monde.

Francisque sourit mélancoliquement.

— Ces considérations-là ne pèsent guère sur le cœur d'une femme qui aime, et pourquoi ne vous aimerait-elle pas? Vous êtes son égal par l'esprit et l'éducation ; elle est trop intelligente pour ne pas avoir apprécié votre mérite... Soyez donc moins modeste et ne désespérez de rien!... Dans tous les cas, après ce que je viens de vous dire, je suppose que je ne vous porte plus ombrage. Ne me regardez pas comme un ennemi, et, je vous en prie, attendez encore avant de prendre une résolution extrême dans l'affaire du cantonnement... Demain, après-demain au plus tard, je pourrai sans doute vous annoncer une nouvelle qui vous prouvera l'injustice de vos soupçons... Au revoir!

Et comme s'il eût craint tout à coup que son émotion ne le trahît, il se sépara brusquement du fils de Micheline.

VIII

UELQUES heures après, Delaberge gagnait la forêt et se dirigeait, tout songeur, vers la Roselière. Ses pensées n'avaient ni la légèreté des nuages blancs qui couraient au-dessus des feuillées, ni la gaîté des fleurs dont les notes vives éclataient dans l'herbe, mais elles étaient résolues et fermes.

— Oui, se disait-il, Micheline se trompe : il y a une chose que je puis faire pour cet enfant qui est à moi et dont une fatalité me sépare à jamais : je puis lui donner le bonheur qu'il rêve et qu'il désespère posséder. Il aime Mme Liénard, et elle aussi se sent inclinée à l'aimer. Seulement, par fierté, il a peur de déclarer sa tendresse, et elle-même, trop respectueuse de certaines exigences sociales, hésite à se laisser aller au penchant qu'elle a pour lui. Eh bien ! je puis servir de trait d'union entre ces deux cœurs qui se désirent et n'osent se l'avouer. Ils sont dignes l'un de l'autre et faits pour savourer cette joie rare : l'amour dans le mariage. Cette joie, ils me la devront, et j'aurai mis une bonne action dans mon existence inutile. Je me consolerai de ma solitude en songeant qu'ils sont heureux, et ce sera, de loin, un lien entre Simon et moi.

Cette résolution lui allégeait le cœur. Tout en la méditant, son regard s'enfonçait dans les profondes coulées formées par la fuite des arbres.

Une verte clarté, une obscure fraîcheur, y régnaient. Les minuscules écailles brunes, qui enveloppent les bourgeons des hêtres avant leur complet épanouissement, se détachaient des ramures et tombaient comme une fine pluie. Leur chute était accompagnée d'un bruissement à peine perceptible, et parfois une filtrée de soleil les faisait luire ainsi que d'impalpables poussières d'or.

— Depuis ma jeunesse, pensait Francisque, toutes mes heures se sont éparpillées comme ces écailles sèches sans qu'un acte généreux les ait un instant illuminées au passage. Il n'en sera plus ainsi : j'aurai un rayon de soleil dans ma vie.

De même que la verdure rafraîchissait ses yeux, l'idée d'édifier le bonheur de Simon, de ne plus vivre uniquement pour soi-même, mais de se dévouer pour un autre, lui rafraîchissait l'âme. Cela l'enhardissait à entretenir Mᵐᵉ Liénard de ces délicates questions de sentiment, si périlleuses à aborder quand on a été sur le point d'aimer la femme avec qui on les traite.

Car il avait beau s'en défendre, il éprouvait encore une secrète tendresse pour cette jeune femme, dont l'esprit enjoué et le charme savoureux avaient soudain fait battre son cœur de quinquagénaire. Dans la viridité parfumée de la forêt, la riante image de Mᵐᵉ Liénard lui apparaissait plus attirante encore; il revoyait ses yeux limpides, son front pur, la rondeur de ses joues veloutées, la grâce de ses lèvres. Une mélancolie le prenait en songeant que toutes ces délices, toutes ces suavités de l'intimité féminine n'étaient plus pour lui. Un souffle humide qui, de temps à autre, remuait les feuilles et qui montait des profondeurs des bois semblait murmurer à ses oreilles : « Jamais plus ! »

Soudain l'aspect robuste d'un jeune hêtre, qui d'un jet puissant élançait son tronc svelte et lisse, lui rappelait Simon et lui faisait honte de ce retour d'égoïsme.

— Allons, ferme ! disait-il : si cela ne te coûtait aucun sacrifice, où serait le prix de l'acte que tu médites ?

Il secouait avec énergie ces amollissants regrets, il ré-

sistait à ces attendrissements rétrospectifs. Il voulait se
présenter à Mme Liénard dans la pleine possession de ses
moyens, afin d'être complètement persuasif et de lui arra-
cher l'aveu de son amour pour Simon. Il hâta le pas,
comme si l'accélération de la marche eût possédé la vertu
de fouetter son courage et d'éperonner sa volonté. Un
quart d'heure après, il sonnait à la grille de la Roselière,
et, avec un battement dans la poitrine, avec une pâle
anxiété sur le visage, il entrait dans le salon de Mme Liénard.

— Ah! s'écria-t-elle, à votre mine je vois que vous
venez me faire vos adieux!

En même temps, sur sa jolie figure, une subite tristesse éteignit le sourire des lèvres et des yeux.

— Je ne saurais vous dire, continua-t-elle, à quel point
l'idée de votre départ m'assombrit!

Tandis qu'elle parlait, ses claires prunelles brunes se
couvraient d'une fine rosée comparable à la fleur sur le
fruit, et Delaberge comprit qu'elle était sincère.

— Oui, répondit-il, très ému lui-même, je viens
prendre congé de vous, madame; je partirai demain très
probablement.

— Quoi, si vite!... J'ai appris pourtant, ce matin, que
votre conférence avec les usagers n'avait donné aucun
résultat... Devons-nous donc renoncer à tout espoir d'arrangement?

— Non pas! les usagers ont manqué de patience tout
simplement... La réponse du ministre ne m'est pas encore
parvenue, mais, entre nous, je suis presque certain qu'elle
sera satisfaisante.

— Merci de vous intéresser à nous jusqu'au bout...
Mais quel dommage que vous partiez! Je m'étais si bien
habituée à vos bonnes visites. Je ne peux pas me figurer
que celle-ci soit la dernière... Asseyez-vous là, près de
moi.

Elle parlait d'un ton affectueux, pénétré, presque filial,
qui donna à Francisque plus d'aplomb pour aborder le
sujet délicat dont il voulait l'entretenir. Il s'assit à côté
d'elle et lui dit en s'efforçant de sourire:

— Avant de nous quitter, chère madame, voulez-vous

que nous reprenions notre conversation d'hier?... Je crains de n'avoir pas suffisamment répondu à la confiance que vous me témoigniez... En me voyant si pressé de partir, vous avez dû m'accuser d'indifférence. Il n'en est rien. J'ai au contraire beaucoup pensé à ce que vous m'aviez confié et j'y ai pris un sérieux intérêt.

— Bien vrai?... Tant mieux, car j'étais honteuse de ne vous avoir entretenu que de moi. Toute la soirée, je me suis reproché de vous avoir conté trop longuement les chimères qui me trottaient par la tête.

— D'abord sont-ce bien des chimères?

Elle rougit et ouvrit tout grands ses beaux yeux.

— Oui, continua-t-il, dans ce portrait que vous traciez du mari rêvé, tout est-il imaginaire? N'y a-t-il pas quelque part un être réel auquel vous pensiez... inconsciemment, lorsque vous m'énumériez les qualités de votre idéal?

— Mais... non, je vous assure; je ne vois pas...

— Eh bien! cette nuit j'ai beaucoup réfléchi à tout cela, et j'ai lu très clairement au fond de votre cœur.

— Par exemple! murmura-t-elle en affectant de plaisanter; en ce cas vous êtes bien plus habile que moi... Et que se passe-t-il dans mon cœur?

— Je vais essayer de vous l'expliquer... Vous avez rencontré quelqu'un vers lequel vous vous sentez secrètement attirée et que vous croyez digne de vous... Si vous n'écoutiez que votre goût, vous iriez spontanément à lui... Mais ce jeune homme, car il est jeune, ajouta-t-il avec une pointe de tristesse, ce jeune homme, bien qu'il soit votre égal par l'intelligence et le cœur, ne sort pas de la même couche sociale que vous, et vous êtes arrêtée par des scrupules conventionnels; vous craignez que vos amis, que les gens de votre monde ne blâment votre choix et ne le considèrent comme une mésalliance...

IX

Pendant qu'il parlait, Camille Liénard avait détourné son visage, et sa main fourrageait activement dans un vase de fleurs à sa portée. Elle en avait arraché une tige de chèvrefeuille, qu'elle déchiquetait brin à brin et qu'elle tortillait nerveusement dans ses doigts.

— Soyez franche, acheva Delaberge : ai-je bien lu ?

— Je crois... que oui, murmura-t-elle sans le regarder.

— Et maintenant désirez-vous que je vous dise le nom de ce jeune homme ?

— Non ! supplia-t-elle en levant vers lui ses yeux humides

Puis elle ajouta étourdiment, avec une animation où il y avait de la joie et de l'anxiété tout ensemble :

— Vous l'avez vu... C'est lui qui vous a parlé de moi ?

— Non, *il* est bien trop fier pour se confier à un étranger.

— Mais alors, s'exclama-t-elle impétueusement, comment avez-vous pu deviner ?...

Il sourit :

— Ne connaissez-vous pas ce dicton de votre pays : « Les amoureux portent sur eux une plante dont l'odeur embaume les chemins où ils passent ? » Eh bien ! lors de ma première visite, cette odeur embaumait la Roselière, et quand je suis revenu au Val-Clavin avec M. Princetot, j'ai senti aussi qu'il portait là plante sur lui et qu'elle fleurissait pour vous.

Elle rougissait, souriait ; ses yeux brillaient d'un éclat mouillé, mais elle ne pouvait articuler un mot. Pour toute réponse, elle tendit avec un gentil mouvement de grati- tude ses deux mains à Delaberge, qui les garda un mo- ment dans les siennes.

— Non, répéta-t-il, Simon Princetot ne m'a fait au- cune confidence... Ma démarche n'est motivée que par le vif intérêt, par la sympathie que j'ai pour vous, chère madame... Maintenant revenons à vos scrupules. En réa- lité, si vous hésitez à suivre votre inclination, c'est par crainte de l'opinion du monde, n'est-ce pas ?

Elle en convint franchement.

Bien qu'elle vécût fort indépendante, elle avait des parents et des amis très collet-monté, qui se scandalise- raient. En province, les barrières qui séparent les diffé- rentes classes semblent encore infranchissables à certaines gens ; les préjugés, les préventions y persistent plus tenaces qu'à Paris ; on se connaît trop pour ne pas être esclave du qu'en-dira-t-on. Le jour où ses relations ap- prendraient son mariage avec le fils d'un aubergiste, elle serait disqualifiée et mise en quarantaine...

L'éducation première et l'influence des milieux avaient rendu Delaberge lui-même trop formaliste, il avait trop le culte de la respectabilité et l'esprit de hiérarchie pour ne pas comprendre les scrupules de Mme Liénard. Autre- fois il les eût exagérés au besoin. Mais quand on juge dans sa propre cause, on devient moins rigide, et nos désirs nous font changer de personnage.

L'intérêt que l'inspecteur général portait maintenant à Simon le poussait à transiger avec ses principes, et il brûla sans façon ce qu'il avait adoré.

— Assurément, dit-il, dans les questions de pure con- venance on doit tenir compte de l'opinion publique. Mais quand il s'agit de lier pour toute la vie sa personne à celle d'un autre, il ne faut écouter que son cœur. D'ail- leurs, à tout bien examiner, les désapprobations que vous redoutez sont-elles si fort justifiées?... Simon est un homme supérieur, il est aimé et très populaire dans le

pays, et si la politique le tente il peut se frayer un chemin jusqu'au Parlement. S'il veut utiliser ses belles qualités dans l'administration, je vous promets de l'y aider
de toute mon influence. Dans tous les cas, il me paraît

Vous n'êtes pas mon ami, répliqua durement
le jeune homme. (Page 9C.)

avoir la volonté et les dons nécessaires pour arriver très
haut. Ajoutez à cela que ses parents sont riches et qu'ils
adorent leur fils. S'ils pensent que leur profession actuelle
est un obstacle à son mariage, ils n'hésiteront pas,
croyez-le bien, à vendre auberge et distillerie et à vivre
bourgeoisement de leurs rentes... Et alors que restera-
t-il des susceptibilités et des effarouchements de vos amis?
Les gens du monde sourient bien vite à ceux qui réus-

sissent, et je vous affirme que Simon réussira. Ne vous préoccupez donc pas de leur opinion : mettez de côté toute fausse honte, suivez votre penchant, et aimez qui vous aime.

— Merci, monsieur, répondit-elle en le récompensant de ses conseils par un regard attendri : vous avez raison, et je n'écouterai que mon cœur.

— A la bonne heure... Il est probable que Simon viendra bientôt vous apprendre que l'affaire du cantonnement est terminée. Souvenez-vous qu'il est fier et très renfermé. Aidez-le à devenir plus expansif... Vous êtes femme, et je suis persuadé que vous saurez l'encourager à vous dire son secret.

— Et maintenant, chère madame, ajouta-t-il en se levant, je vais prendre congé de vous... pour longtemps.

— Pas encore ! s'écria-t-elle ; avant que vous partiez, je veux que vous visitiez une dernière fois les jardins de la Roselière.

Elle l'entraîna vers la terrasse, et ils gagnèrent les allées où les fleurs vivaces frissonnaient, où les chèvre-feuilles en boule répandaient leur parfum de vanille. Comme au premier jour, elle s'appuya doucement sur son bras et lui fit admirer ses parterres. Ils visitèrent la charmille où ils avaient ensemble arrangé leurs bouquets et d'où on avait une si merveilleuse vue sur les terrasses bordées d'orangers ; ils longèrent l'Aubette où les viornes obiers penchaient leurs blanches ombelles. Ils ne s'arrêtèrent qu'au pavillon où Delaberge avait eu la révélation de l'amour de Camille pour Simon Princetot. Ce pèlerinage rappelait à Francisque ses trop courts rêves de tendresse et ses soudaines désillusions. Il avait pour lui la mélancolie des crépuscules d'automne et aussi le tiède parfum d'un bouquet de violettes à demi fané.

Quand ils revinrent par l'allée principale, aboutissant aux massifs de rosiers, Mme Liénard cueillit une rose pourpre, et, l'offrant à Delaberge avec un long regard reconnaissant :

— Laissez-moi vous fleurir... Vous respirerez cette rose en route, et, la sentant, vous penserez mieux à votre petite amie de la Roselière... Merci encore, monsieur : vous avez été bon pour moi... bon comme un père.

— Oui, « comme un père ! » murmura-t-il en songeant, navré, à ce que ces mots renfermaient de cruelles ironies.

Il attira Mme Liénard plus près de lui, mit un baiser sur son front d'enfant, et partit.

Lentement il reparcourut le chemin où il était revenu un soir en compagnie de Simon. Il revit le hêtre élancé et robuste que le jeune homme avait si passionnément serré dans ses bras, et à son tour, pris d'une enfantine superstition, il l'entoura d'une amicale étreinte.

En repassant près du lavoir où la Fleuriotte lui avait brutalement révélé sa triste paternité, il pressa le pas et détourna la tête. Maintenant il dévalait le long du raidillon d'où l'on aperçoit l'entrée du village. Il s'arrêta près de l'étang immobile que le soleil couchant glaçait de couleurs irisées.

L'eau dormait taciturne au milieu de sa ceinture de roseaux, que le vent effleurait et qui secouaient leurs aigrettes flexibles d'un air de compassion. Un chœur de grenouilles s'élevait par instants du milieu des tiges verdoyantes et drues, puis se taisait subitement sur son passage.

— Trouverai-je en rentrant la réponse du ministre ? songeait Delaberge... Si elle m'arrive ce soir, tout sera dit, et je partirai demain.

X

A cuisine du *Soleil d'Or* avait son aspect de tous les jours. Paresseusement accoté à l'un des jambages de la porte, le Prince musait et sifflotait en attendant l'heure du dîner. Les fourneaux flambaient ; Mme Princetot, affairée autour de ses casseroles, ne releva même pas la tête lorsque Delaberge entra. La maigre servante, assise devant le dressoir de hêtre, épluchait nonchalamment des laitues.

— Le facteur n'a-t-il rien apporté ? demanda l'inspecteur général.

— Si fait, monsieur Delaberge, répondit le Prince, qui s'était décidé à quitter l'embrasure de sa porte, il y a une dépêche pour vous.

D'un pas lourd et traînant, il se dirigeait vers une étroite vitrine fixée au mur, derrière laquelle on rangeait les lettres destinées aux voyageurs. Il fit jouer la serrure et remit à son pensionnaire un pli fermé.

Malgré l'apparente indifférence du maître d'hôtel et de sa femme, ce télégramme, inclus dans l'enveloppe jaune réservée aux dépêches officielles, les intriguait vivement tous deux. Ils soupçonnaient que ce pli contenait la réponse ministérielle, et, depuis une heure déjà, ils guettaient impatiemment le retour de Delaberge.

Tandis que ce dernier, après avoir déchiré l'enveloppe, se rapprochait de la porte pour déchiffrer le télégramme, le Prince, clignant ses petits yeux rusés, examinait sournoisement la figure du liseur et cherchait à y deviner si la nouvelle apportée allait exercer une influence bonne ou mauvaise sur la grosse affaire qui intéressait la commune. De son côté, Micheline Princetot, oubliant de surveiller ses fourneaux, coulait un oblique regard dans la direction de son ancien amoureux et songeait anxieusement :

— Va-t-il enfin s'en aller ?

Le télégramme officiel était ainsi conçu :

« *Directeur général des Forêts à Inspecteur général au Val-Clavin. — Propositions adoptées par le Ministre. De nouvelles instructions dans ce sens sont transmises au Conservateur de Chaumont.* »

Delaberge plia tranquillement la dépêche et la mit en poche. Sa figure exprimait une visible satisfaction.

— Madame Princetot, dit-il, je partirai demain matin, et je vous serai obligé, ainsi qu'à M. Princetot, de préparer ce soir ma petite note...

Il s'arrêta un moment, comme pour reprendre sa respiration, puis continua en s'adressant à ses deux hôtes, mais plus particulièrement à Micheline :

— Ma mission est terminée, et je n'aurai probablement plus l'occasion de revenir au Val-Clavin. Ce sont donc des adieux définitifs que je vous fais ce soir... Je vous remercie de votre bon accueil et je vais vous demander un dernier service... Au lieu de retourner à Langres, je désirerais rentrer à Paris par Is-sur-Tille et Dijon. M. Simon voudrait-il avoir l'obligeance de me conduire en voiture, demain matin, jusqu'à la station de Virey ?

— Rien de plus facile, répliqua avec empressement le Prince, la station n'est qu'à une demie-heure du bourg, et Simon sera heureux de vous accompagner.

Le visage de Mᵐᵉ Princetot se rembrunit. Malgré sa puissance de dissimulation, elle laissa voir un mécontentement inquiet :

— Ne pourrais-tu y aller, toi, Princetot!... Simon est si occupé! objecta-t-elle.

— Merci, c'est un peu trop tôt pour moi! répondit le

Prince, qui aimait à s'offrir de grasses matinées... Simon est toujours levé dès l'aube, et d'ailleurs cette course lui prendra une heure au plus.

— Cela m'arrangera d'autant mieux, insista Delaberge, que j'ai à causer avec lui de l'affaire du cantonnement.

Il se tourna vers Micheline, et d'une voix où vibrait une instante prière, il ajouta :

— D'ailleurs, tranquillisez-vous, madame Princetot, je ne retiendrai pas longtemps votre fils... Ne me refusez pas le plaisir de faire route avec lui pendant la dernière demi-heure que je passerai au Val-Clavin !

Le regard de Micheline Princetot rencontra celui de Francisque. Y lut-elle une solennelle promesse de discrétion ? Comprit-elle que ce mot : « Tranquillisez-vous ! » contenait l'engagement tacite de rester jusqu'au bout un étranger pour Simon ? ou bien se laissa-t-elle simplement toucher par l'humble supplication de l'homme à qui elle avait jadis prodigué ses caresses ?... Elle ne formula plus d'objection, et, avec un geste d'acquiescement, retourna à ses fourneaux.

Le lendemain matin, à neuf heures, Brunet, le petit cheval bai, piaffait devant le perron du *Soleil d'Or*. On avait attaché les bagages à l'arrière de la charrette anglaise, où Delaberge prenait place à côté de Simon. Après quelques mots de banal adieu, et un significatif coup d'œil où Mᵐᵉ Micheline mettait toute une anxieuse adjuration de silence, le cheval prenait le trot le long de la chaussée de l'étang.

Le ciel était couvert et une légère bruine tombait. Delaberge se retourna : à travers le voile de brume, il enveloppa d'un dernier regard les maisons grises, l'étang où les roseaux frissonnaient, le pli de vallée où se cachait la Roselière, et poussa un profond soupir. On atteignait déjà le bas de la rampe de Virey et, comme la montée était rude, Simon descendit pour alléger Brunet, juste au moment où l'inspecteur général méditait sur la façon dont il aborderait de nouveau la délicate question traitée la veille à la Roselière.

Francisque demeura seul sur le siège en proie à ses pensées moroses, car il bruinait aussi dans son cœur.

Il regardait vaguement la forêt, où flottaient des flocons de brouillard et où les pinsons jetaient ce petit cri plaintif qui annonce les journées pluvieuses. Entre chaque arbre de bordure, il lui semblait voir défiler une à une les vingt-six dernières années de sa vie. Il reconnaissait au passage les tranchées herbeuses, les pâtis semés de genévriers et les combes verdoyantes où il avait promené ses agitations de jeune ambitieux, édifié ses rêves de fortune et d'avancement. En ce temps-là il était plein de confiance en lui-même, il s'élançait sur les routes de l'avenir avec l'intrépide audace d'un aventurier partant pour la conquête de la Toison d'or. Le destin s'était montré jaloux de le servir. Le succès était venu plus vite qu'il ne l'avait espéré. Jamais, alors qu'il errait, humble garde général, à travers les futaies du Val-Clavin, il n'avait osé entrevoir qu'il atteindrait le sommet de l'échelle administrative.

Et pourtant, malgré ces victoires inespérées, ces ambitions rapidement satisfaites, qu'avaient produit en réalité ces vingt-six années dévorées une à une, brûlées dans la fièvre d'un labeur quotidien ?... Un peu de fumée et une pincée de cendres froides; rien de fécond, rien de réchauffant pour le cœur, rien de solide en somme. La seule œuvre viable et utile qu'il eût à porter à son actif, c'était ce beau et robuste garçon qui marchait là-bas, devant lui, fier de ses vingt-cinq ans et bâtissant dans sa tête d'amoureux châteaux en Espagne.

O dérision de la vie !... Ses travaux administratifs, ses veilles studieuses, ses doctes élucubrations juridiques, — toute cette activité paperassière qui constituait sa gloire de bureaucrate, avait été en fin de compte aussi stérile que l'ivraie. La seule création dont il pût tirer vanité était due au hasard d'une amourette de village, à l'inconscient oubli d'une heure de plaisir!... Et cet enfant, son ouvrage, la chair de sa chair, le prolongement de sa personnalité, il ne pouvait même pas le reconnaître publiquement; il voyageait à ses côtés sans oser lui crier : « Tu es mon fils! » sans échanger avec lui autre chose que des paroles banales...

On était arrivé au sommet de la côte. D'un bond léger, le jeune Princetot reprit sa place dans la charrette et chatouilla de son fouet le cheval, qui se mit à trotter allégrement.

Delaberge songeait avec une poignante tristesse qu'il n'avait plus que quelques instants à passer près de Simon, et que chaque tour de roue hâtait le moment de la séparation. Il aurait voulu lui parler intimement, ne le quitter qu'après une discrète et tendre effusion.

— Arriverons-nous avec un peu d'avance sur le train? demanda-t-il au jeune homme.

— Je ne saurais vous le dire exactement, car je n'ai point de montre, répondit Simon, mais soyez sans crainte, nous ne pouvons le manquer... D'ici à dix minutes, nous apercevrons la station.

— En ce cas, soupira Delaberge, il me reste à peine le temps de vous parler des choses qui vous intéressent... J'ai reçu enfin hier soir la réponse de l'administration. Le Ministre adopte les conclusions de mon rapport, et voici en résumé ce que j'ai proposé : — Le projet de cantonner les usagers dans les bois de Charbonnière est abandonné. Nous vous accordons à titre de cantonnement une superficie égale dans un triage excellent, dans cette partie de la forêt de Montgérand qui est traversée par la route du Val-Clavin. Des instructions ont été données dans ce sens au Conservateur de Chaumont... Cela vous va-t-il?

— Nous ne pouvions désirer mieux ! s'écria Simon, c'est très équitable, et tous les usagers accepteront votre proposition avec joie.

— Voici la dépêche officielle, poursuivit Francisque en tirant le télégramme de sa poche, personne ne la connaît encore, et j'ai voulu que vous fussiez le premier informé... Je vous prie d'en porter vous-même la nouvelle à Mᵐᵉ Liénard... J'espère que vous ne serez pas fâché de vous charger de cette commission, ajouta-t-il avec un pâle sourire, et j'ai quelque raison de croire qu'elle sera heureuse aussi de la tenir de vous.

— J'irai à la Roselière cette après-midi ! s'exclama le jeune homme, dont la figure s'empourpra.

Delaberge se rapprochait doucement du fils de Micheline. Il voulait sentir son épaule contre la sienne et ré-

chauffer son cœur à ce contact; puis il lui dit avec je ne
sais quoi de paternel dans la voix :

— Quand vous serez à la Roselière, souvenez-vous que
les timides ont toujours tort, et, puisque vous aimez
Mᵐᵉ Liénard, ne craignez plus de lui ouvrir le cœur...
Allez de l'avant, morbleu !... D'ailleurs, qui pourrait vous
faire hésiter?... Vous êtes digne d'elle par l'éducation,
l'esprit et le caractère... Et dans le cas où, avant de
l'épouser, vous désireriez une situation qui satisfasse votre
amour-propre en vous mettant plus en relief, écrivez-
moi... Je puis vous faire obtenir un poste honorable
dans l'un des services qui dépendent du ministère de
l'Agriculture... Vous le voyez, vous aviez grand tort de
me considérer comme un obstacle à vos plus chers désirs;
je ne demande, au contraire, qu'à en activer la réalisation.

A mesure qu'il parlait, Simon regardait avec un mélange d'étonnement et de confusion cet étranger qui, tout
d'un coup, comme un génie de féerie, exerçait une bien-
faisante influence sur la direction de sa vie.

Il était touché de la cordiale simplicité avec laquelle
ce fonctionnaire lui offrait ses encouragements et son
aide.

Secoué à la fois par un sentiment de honte et de grati-
tude, il rougissait et balbutiait :

— Monsieur, je... je voudrais vous remercier comme
il faut... et je ne trouve pas de mots... Je suis désolé et
honteux de mes stupides méfiances. Comment pourrai-je
jamais vous montrer ma reconnaissance et me faire par-
donner mes torts ?

— En me gardant un petit coin dans votre souvenir,
murmura Delaberge.

Il aurait voulu en dire davantage et exprimer plus
vivement la tendresse qui montait de son cœur à ses
lèvres, à ce suprême moment de la séparation. Mais il
comprenait trop bien quelle fatale nécessité le condam-
nait à comprimer un sentiment qui aurait semblé suspect au fils de Micheline. Il avait promis de rester pour
lui un étranger, et l'intérêt même du jeune homme exi-
geait que cette promesse fût tenue religieusement. Une
angoisse poignante lui étreignait la poitrine. Il aurait
tant aimé, avant de s'éloigner pour toujours, laisser à cet

enfant qui était le sien une marque plus matérielle de
son affection, quelque chose qui obligeât Simon à penser
de temps en temps à lui!... Subitement il se rappela que
quelques instants auparavant, lorsqu'il s'était inquiété de
l'heure, son conducteur lui avait avoué qu'il ne possédait pas de montre, et l'idée lui vint de lui offrir la
sienne. Mais, si mince que fût le cadeau, cette offre ne
paraîtrait-elle pas étrange et parviendrait-il à la faire
accepter?...

Tout en y songeant, il détachait lentement la chaîne
accrochée à la boutonnière de son gilet et la tortillait
nerveusement entre ses doigts. Puis, affectant un air
dégagé et enjoué, qui contrastait amèrement avec la
navrante tristesse qu'il cachait au dedans de lui, il reprit :

— Tenez, pour que vous pensiez à moi de temps à
autre, il me vient une idée... Vous m'avez dit tout à
l'heure que vous ne portiez pas de montre, laissez-moi
vous offrir la mienne... Elle n'a rien de précieux, mais
elle est très bonne... Quand vous la regarderez, vous
vous souviendrez d'un vieux garçon que vous preniez
naïvement pour un rival et qui se sentait au contraire
tout plein d'amitié pour vous...

Il avait tiré de son gousset sa montre et la glissait pres-
tement dans la poche du veston de son conducteur. Simon,
un peu embarrassé et confus de cette libéralité inattendue,
demeurait ébaubi. Dans ses yeux bleus grands ouverts, il
y avait à la fois de l'inquiétude, de l'attendrissement, et
aussi la crainte de blesser par un refus cet étranger qui
venait de lui donner de si réelles preuves d'attachement:

— C'est un original, pensait-il, mais il a l'air d'un
brave homme... A quoi bon lui faire de la peine?...

Tandis qu'il formulait un confus remerciement, la voiture débouchait devant la petite station perdue en plein
bois. Tous deux mirent pied à terre, et au même instant
la cloche sonna l'arrivée du train. Ce tintement retentissait douloureusement dans la poitrine de l'inspecteur
général. Quand il eut pris son billet et fait enregistrer
son bagage, on entendit au fond de la forêt le sifflet du
convoi qui accourait.

Bien qu'on ne pût l'apercevoir encore à travers la grise
épaisseur du brouillard, on devinait qu'il se rapprochait

sensiblement. De sourdes trépidations ébranlaient le sol ; le frémissement des feuillées remuées au passage emplissait la forêt d'un mystérieux murmure. Bientôt la machine émergea de la brume, la file serpentine des wagons se dessina en noir sur les verdures humides et, avec des gémissements quasi-humains, le train haletant s'arrêta net devant les humbles bâtisses de la station.

Le jeune Princetot avait accompagné Delaberge sur le trottoir de la voie. Ce dernier l'enveloppa d'un affectueux regard, pendant que le train stoppait. Jamais encore il n'avait trouvé si saisissante sa ressemblance avec le fils de Micheline...

— Courage et bonne chance ! lui dit-il d'une voix qu'il essayait d'affermir. Quand vous serez à la Roselière, n'oubliez pas mes recommandations... Et maintenant, mon enfant, comme nous ne savons quand nous nous reverrons, embrassons-nous !

Il prit Simon dans ses bras, le serra contre sa poitrine, et cette étreinte eut une chaleur si communicative, que le jeune homme se sentit ému à son tour et rendit à Francisque les baisers que celui-ci lui donnait.

Tandis que Simon demeurait surpris lui-même de l'émotion qui le secouait, Delaberge s'était élancé dans le wagon. On n'attendait plus que lui pour fermer la portière.

— Adieu ! cria-t-il encore, penché à l'ouverture de la glace.

Le train partait dans un nuage de vapeur dont les flocons s'échevelaient à travers les futaies frissonnantes. Le cœur déchiré, les yeux mouillés, Delaberge regardait toujours du côté de la station qui fuyait ; mais ses regards cherchaient en vain à percer les voiles épaissis de la brume qui déformaient les objets et semblaient vouloir l'isoler du monde extérieur. A la fin, il se rejeta au fond du compartiment, où il voyageait seul, et un sanglot se noua dans sa gorge à la pensée que désormais il voyagerait seul aussi dans la vie.

FIN

PARIS. — IMPRIMERIE MICHELS ET FILS, 6, 8 ET 10, RUE D'ALEXANDRIE.

Début d'une série de documents
en couleur

ANDRE THEURIET
DE L'ACADÉMIE FRANÇAISE

PATERNITÉ

...RD FRÈRES CENTIMES 10 ÉDITEURS PARIS

ANDRÉ THEURIET

DE L'ACADÉMIE FRANÇAISE

PATERNITÉ

ARD FRÈRES ÉDITEURS PARIS

10 CENTIMES

ANDRE THEURIET
DE L'ACADÉMIE FRANÇAISE

PATERNITÉ

AYARD FRÈRES ÉDITEURS PARIS — CENTIMES 10 — Seine

ANDRE THEURIET
DE L'ACADÉMIE FRANÇAISE
PATERNITÉ
AYARD FRÈRES
CENTIMES
10
ÉDITEURS
PARIS
1901

ŒUVRES D'ANDRÉ THEURIET

DE L'ACADÉMIE FRANÇAISE

En fascicules de luxe à 10 centimes.

Douce est l'aurore et douces sont les roses.
Rien n'est si doux que le charme d'aimer.

Ces deux vers pourraient servir d'épigraphe à l'œuvre d'ANDRÉ THEURIET que la MAISON FAYARD FRÈRES offre aujourd'hui au public.

ANDRÉ THEURIET est un écrivain à la fois puissant et délicat; il s'attache aux formes lumineuses de la vie sans jamais tomber dans le banal ni le convenu. L'intrigue de ses romans se déroule en les paysages qu'il a le mieux connus. Sous la magie de sa plume la nature semble palpiter et revivre; il excelle à peindre la forêt et a mérité de ses compatriotes le surnom de *La Fontaine de l'Argonne.*

Doué à la fois de grande sensibilité et de fine observation, il hait les choses mauvaises de la vie et cherche toujours la petite fleur bleue qui embaume même les pires existences.

Il débuta en littérature par un livre de poésies, **Chemin des Bois**, qui fut couronné par l'Académie française et dont Coppée a dit : « C'est une brassée de fleurs sauvages, encore emperlées de l'eau des torrents des Vosges. »

Puis il aborda le roman et chacun de ses volumes marqua une étape vers la gloire. Faut-il citer : **Michel Verneuil, Le Filleul d'un marquis Le mariage de Gérard, Madame Véronique, Paternité,** Mlle **Guignon, Au Paradis des Enfants, Eusèbe Lombard, La Fortune d'Angela, Les mauvais Ménages,** etc., etc. ?

Les œuvres choisies d'ANDRÉ THEURIET paraîtront en ces élégants fascicules de luxe illustrés qu'a rendus célèbres la publication des ouvrages d'ALPHONSE DAUDET, JULES CLARETIE, HENRI LAVEDAN, HECTOR MALOT, et tout le monde voudra posséder les livres de l'écrivain dont on a pu dire qu'il était une source jaillissante de poésie.

10 centimes le fascicule illustré

RENFERMANT 24 PAGES SOUS COUVERTURE

Il paraît deux fascicules par semaine.

ABONNEMENTS	10 fascicules	. . . . . .	1f 50
	20 —	. . . . . .	3 »
	50 —	. . . . . .	7 50

FAYARD FRÈRES, Éditeurs, 78, Bould St-Michel, PARIS

PATERNITÉ

Sera complet en 5 fascicules illustrés à 10 centimes.

PARIS. — IMP. MICHELS ET FILS.